CASAS VAZIAS
Brenda Navarro

2ª edição

Tradução
Livia Deorsola

Porto Alegre
São Paulo
2022

Copyright © 2018 Brenda Navarro
c/o Indent Literary Agency
www.indentagency.com
Título original: *Casas vacías*

CONSELHO EDITORIAL Eduardo Krause, Gustavo Faraon,
Luísa Zardo, Rodrigo Rosp e Samla Borges
TRADUÇÃO Livia Deorsola
PREPARAÇÃO Carlos André Moreira e Samla Borges
REVISÃO Raquel Belisario e Rodrigo Rosp
CAPA E PROJETO GRÁFICO Luísa Zardo

**DADOS INTERNACIONAIS DE
CATALOGAÇÃO NA PUBLICAÇÃO (CIP)**

N242c Navarro, Brenda.
Casas vazias / Brenda Navarro ; trad. Livia Deorsola
— 2. ed. — Porto Alegre: Dublinense, 2022.
160 p. ; 21 cm.

ISBN: 978-65-5553-067-4

1. *Literatura Mexicana*. 2. *Romance Mexicano*.
I. Deorsola, Livia. II. Título.

CDD 868.972036 • CDU 860(72)

Catalogação na fonte:
Ginamara de Oliveira Lima (CRB 10/1204)

Todos os direitos desta edição
reservados à Editora Dublinense Ltda.

Av. Augusto Meyer, 163 sala 605
Auxiliadora • Porto Alegre • RS
contato@dublinense.com.br

Este livro é para Nacho Bengoetxea.
Obrigada a Dana e Alba por existirem.
E obrigada também a Yuri Herrera.

PRIMEIRA PARTE

*Aconteceu de eu estar sentada sob uma árvore
na beira do rio,
numa manhã ensolarada.
É um acontecimento insignificante
e não entrará para a história.*

Wisława Szymborska
Fragmento de *Pode ser sem título*

Daniel desapareceu três meses, dois dias e oito horas depois do seu aniversário. Tinha três anos. Era meu filho. A última vez que o vi, ele estava entre a gangorra e o escorregador do parque ao qual eu o levava todas as tardes. Não lembro de mais nada. Ou sim: eu estava triste, porque Vladimir tinha me avisado que estava indo embora, pois não queria baratear tudo. Baratear tudo, como quando uma coisa que vale muito é vendida por dois pesos. Essa era eu quando perdi meu filho, a que de vez em quando, entre um punhado de semanas e outro, se despedia de um amante esquivo que oferecia barganhas sexuais como se fossem presentes, porque ele precisava apressar sua partida. A cliente fraudada. A mãe que é uma fraude. A que não viu.

Vi pouco. O que foi que vi? Entre a trama de recordações visuais, procuro cada detalhe dos fios condutores que possam me levar, ao menos por um segundo, a saber em que momento. Em que momento, qual, não vi mais Daniel? Em que momento, em que instante, em meio a qual gritinho de um corpo contido de três anos ele foi embora? O que foi que aconteceu? Vi pouco. E, embora eu tenha andado entre as pessoas, gritando o nome dele repetidas vezes, meu ouvido ficou surdo. Havia carros passando?, havia mais gente?, qual?, quem? Não voltei a ver mais meu filho de três anos.

Nagore saía da escola por volta das duas da tarde, mas eu não fui buscá-la. Nunca lhe perguntei como é que ela voltou para casa naquele dia. De fato, nunca falamos sobre se, naquele dia, alguém voltou ou se, por acaso, junto com os catorze quilos do meu filho, fomos todos embora e nunca mais voltamos. Não existe uma fotografia mental que, naquela data, me dê uma resposta.

Depois, a espera: eu recostada em uma cadeira suja do Ministério Público, onde depois Fran foi me buscar. Ambos esperamos, ainda continuamos esperando nessa cadeira, embora estejamos fisicamente em outro lugar.

Não foram poucas as vezes que desejei que estivessem mortos. Eu me olhava no espelho do banheiro e imaginava que me via chorando. Mas eu não chorava, continha minhas lágrimas e voltava a ficar calma, caso não tivesse conseguido fazer isso direito da primeira vez. Então me ajeitava de novo diante do espelho e perguntava: Morreu? Mas morreu como? Quem morreu? Os dois ao mesmo tempo? Estavam juntos? Morreram mesmo ou isso é uma fantasia para fazer chorar? Quem é você que está me avisando que eles morreram? Quem, qual dos dois? E era eu a única resposta na frente do espelho, repetindo: Quem morreu? Que alguém tenha morrido, por favor, para eu não sentir este vazio! E, diante do eco mudo, respondia para mim que morreram os dois: Daniel e Vladimir. Eu os perdi ao mesmo tempo, e os dois, em algum lugar do mundo, sem mim, continuavam vivos.

A gente imagina tudo, menos que um dia vai acordar com o martírio de um desaparecido. O que é um desaparecido? É um fantasma que te assombra como se fosse parte de uma esquizofrenia.

Embora eu não pretendesse ser uma dessas mulheres que as pessoas olham na rua com pena, muitas vezes retornei ao parque, quase todos os dias de todos os dias, para ser exata. Me sentava no mesmo banco e rememorava os meus movimentos: celular na mão, cabelos no rosto, dois ou três mosquitos me perseguindo para me picar. Daniel dando um, dois, três passos e sua risada inocente. Dois, três, quatro passos. Baixei a vista. Dois, três, quatro, cinco passos. Ali. Ergui a vista até ele. Vejo-o e volto ao celular. Dois, três, cinco, sete. Nenhum. Ele cai. Levanta. Eu, com Vladimir no estômago. Dois, três, cinco, sete, oito, nove passos. E eu atrás de cada pisada todos os dias: dois, três, quatro... E só quando Nagore me cravava seu olhar envergonhado, porque lá estava eu, entre a gangorra e o escorregador, atrapalhando o trânsito das crianças, é que entendia tudo: eu era destas mulheres que as pessoas olham na rua com pena e medo.

Outras vezes eu o procurava em silêncio, sentada no banco, e Nagore, ao meu lado, cruzava as perninhas e ficava muda, como se sua voz fosse culpada de alguma coisa, como se soubesse de antemão que eu a odiava. Nagore era o espelho da minha feiura.

Por que não foi você que desapareceu?, eu disse aquela vez a Nagore, quando, do chuveiro, ela me chamou para pedir que alcançasse a toalha, que ela não tinha pego da prateleira do banheiro. Ela me olhou com seus olhos azuis, muito surpresa por eu ter dito isso na cara dela. Eu a abracei quase imediatamente e a beijei várias vezes. Toquei seu cabelo molhado, que me molhava o rosto e os braços, e a cobri com a toalha e a apertei contra o meu corpo e começamos a chorar. Por que não foi ela a desaparecer? Por que é que foi sacrificada e não deu nenhuma recompensa em troca?

Devia ter sido eu, ela me disse um tempo depois, quando fui deixá-la na escola e a vi se afastar entre seus coleguinhas de turma, e não quis voltar a vê-la. Sim, devia ter sido ela, mas não foi. Todos os dias da sua infância, ela voltou para a minha casa.

Nem sempre é a mesma tristeza. Nem todas as vezes eu acordava com a gastrite como estado de ânimo, mas bastava que alguma coisa acontecesse para que, por instinto, eu engolisse saliva e percebesse que tinha que respirar diante dos fatos. Respirar não é um ato mecânico, é uma ação de estabilidade; quando a graça é perdida é que se sabe que, para manter o equilíbrio, é preciso respirar. Viver se vive, mas respirar se aprende. Então eu me obrigava a dar passos. Tome banho. Penteie-se. Coma. Sorria. Não, sorrir não. Não sorria. Respire, respire, respire.

Não chore, não grite; o que está fazendo, o que está fazendo? Respire. Respire, respire. Talvez amanhã você seja capaz de se levantar da poltrona. Mas o amanhã é sempre outro dia, e eu, no entanto, vivia eternamente o mesmo, portanto não havia poltrona da qual tinha que me levantar.

Algumas vezes Fran me telefonava para me lembrar de que tínhamos outra filha. Não, Nagore não era minha filha. Não. Mas nós cuidamos dela, mas nós demos um lar a ela, ele me dizia. Nagore não é minha filha. Nagore não é minha filha. (Respire. Prepare a comida, vocês têm que comer.) Daniel é meu único filho e, enquanto eu preparava a comida, ele brincava com soldadinhos no chão e eu lhe levava cenouras com limão e sal. (Ele tinha cento e quarenta e cinco soldados, todos verdes, todos de plástico.) Eu lhe perguntava do que estava brincando, e ele, com seus fonemas ininteligíveis, me dizia que brincava de soldado, e ambos ouvíamos os passos que os conduziam à grande marcha. (O óleo está fervendo, a massa está queimando. Não tem água no liquidificador.) Nagore não é minha filha. Daniel não brinca mais de soldado. Viva a guerra! Então, muitas vezes me ligavam da escola de Nagore para me lembrar que ela estava me esperando e que tinham que fechar a escola. Desculpe, eu dizia, embora o é que Nagore não é minha filha ficasse preso na minha garganta, e eu desligava ofendida por me requisitarem uma maternidade não requerida e, num choro que não vinha à tona, mas que se manifestava numa asfixia explícita, implorava para eu ser Daniel e me perder com ele, mas o que na verdade acontecia era que a tarde transcorria até que Fran voltava a telefonar para me lembrar que eu tinha que cuidar de Nagore, porque ela também era minha filha.

Vladimir voltou uma vez, só uma vez. Provavelmente por pena, por obrigação, por morbidez. Perguntou o que eu queria fazer. Eu o beijei. Ele cuidou de mim uma tarde, como se se importasse comigo. Tocava em mim de modo retraído, como que com medo, como que com a fragilidade de quem não sabe se é certo sujar o vidro recém lavado com sabão. Eu o levei ao quarto de Daniel e fizemos amor. Eu queria dizer a ele me bata, me bata até eu gritar. Mas Vladimir só perguntava se estava bom e se eu precisava de alguma coisa. Se eu estava me sentindo confortável. Se queria parar. Preciso que você me bata, preciso que você me dê o que eu mereço por perder Daniel, me bata, me bata, me bata. Eu não lhe disse isso. Em seguida, ele me veio com a proposta injetada de culpa e nunca feita de que devíamos ter nos casado. Que ele... Silêncio. Ele não teria me dado um filho, respondi diante do seu embaraço, seu medo de dizer algo que o comprometesse. Ele não teria me levado a nenhum parque com o nosso filho. Não. Nenhum filho. Ele teria me dado uma vida sem sofrimento maternal. Sim, é possível que fosse assim, me respondeu quando insinuei o cenário, e depois, leviano como era, foi embora e voltou a me deixar sozinha.

Nesse dia Fran chegou e pôs Nagore na cama e eu queria que ele se aproximasse de mim e soubesse que minha vagina cheirava a sexo. E que me batesse. Mas Fran não percebeu nada. Fazia muito tempo que não encostávamos um no outro, nem sequer um toque.

Fran tocava violão para Nagore todas as noites, antes de dormir. Eu odiava aquilo, não lhe perdoava que se atrevesse a ter uma vida. Ele ia trabalhar, pagava as contas, se fazia de bom. Mas que tipo de bondade existe em um homem que não sofre todos os dias pela perda do filho?

Nagore ia me dar um beijo de boa-noite sempre que o relógio dava dez e dez, e eu me escondia entre os travesseiros e lhe dava umas palmadinhas nas costas como resposta. Que tipo de bondade existe em quem exige amor dando amor? Nenhuma.

Nagore perdeu o sotaque da Espanha assim que chegou ao México. Ela me imitava. Era uma espécie de inseto que hibernava para sair com as asas postas para que a observássemos voar. Explodiu em cores, como se o casulo tecido pelas mãos dos seus pais a tivesse preparado apenas para a vida. Superava a tristeza; a infância estava vencendo. Cortei suas asas depois que Daniel desapareceu. Não ia permitir que algo brilhasse mais que ele e sua lembrança. Seríamos a fotografia familiar intacta, que não se desfaz apesar de cair no chão por causa do triste bater de asas de um inseto.

Fran era o tio de Nagore. Sua irmã a tinha dado à luz em Barcelona. Fran e sua irmã eram de Utrera. Ambos se dispersaram pelo mundo antes de quererem se desdobrar em uma família.

A irmã morreu pelas mãos do marido, por isso Fran nos impôs cuidar de Nagore. Eu me tornei mãe de uma menina de seis anos enquanto concebia Daniel no meu ventre. Só que eu não me tornei mãe, e esse foi o problema. O problema é que continuei viva por muito tempo.

Houve momentos em que eu quis ser dessas mães que, com os pés pesados, sulcam caminhos. Sair para pregar cartazes com o rosto de Daniel, todos os dias, todas as horas, com todas as palavras. Também, bem poucas vezes, quis ser a mãe de Nagore, penteá-la, lhe preparar o café da manhã, sorrir para ela. Mas fiquei suspensa, apática, às vezes acordada por instinto. Outras tantas vezes desejava ser Amara, a irmã de Fran, e lhe deixar a responsabilidade de velar por duas vidas alheias. Ser eu a desgraçada, a infeliz, a maldita assassinada. Não parir. Não gerar, não dar motivo às células que criam a existência. Não ser vida, não ser fonte, não deixar que o mito da maternidade se estendesse em mim. Interceptar as possibilidades de Daniel enquanto ele estava no meu ventre, enclausurar Nagore até que ela deixasse de respirar. Ser o travesseiro que a sufocaria enquanto ela dormia. Recontrair as contrações pelas quais eles dois nasceram. Não parir. (Respire, respire, respire.) Não parir, porque depois que nascem, a maternidade é para sempre.

Se é que alguma vez eu fui criança e se é que merecia relembrar, eram os violinos que me conduziam a esses instantes de plenitude que eu não soube transmitir a Nagore. Violinos. Violinos na casa dos meus pais, enquanto o sol entrava pela janela que iluminava a sala de estar onde eu brincava. Violinos, a música das brincadeiras. Um dia acordei com a convicção de que Nagore tinha que aprender a tocar violino. Pesquisei sobre professores particulares, fomos andar pelo Centro para ver preços e modelos de instrumento. Perguntamos sobre as diferenças, escutamos sem entender, mas fingindo que entendíamos. Nagore me pegava pela mão, cheia de ilusões, sorria, e a infância se refletia nela. Sim, violinos, e Fran com o cenho franzido disse que sim, inclusive definiu que as aulas fossem em casa. Ele me deu uma folha com o horário e com o telefone para confirmar a primeira aula. Eu a grudei na geladeira. Nunca houve violinos em casa.

E se a gente for para Utrera, para a casa branca do vovô e da vovó?, perguntou Nagore. Ir para Utrera com o meu filho perdido? Dei uma bofetada nela. Disse não. Eu nunca fui capaz de bater em uma menina.

Daniel nasceu num 26 de fevereiro. É de peixes, pensei. Fran não deu muita importância a isso. As pessoas de peixes são difíceis, sofrem muito, fazem mais drama. Devia ter sido de áries. Eu sempre quis um filho independente. Daniel pesava dois quilos e novecentos gramas, bons pulmões, 8-8 na escala de Apgar. (Respire, respire, respire...) Daniel era de peixes e tinha a pele branca, quase transparente... (Respire, respire, respire!) Daniel era de peixes, pesava dois quilos, quase três, pele branca, transparente, mas peixes, ser de peixes não é bom... (Respire, respire, respire!, respire.) Daniel era de peixes, era meu filho, Daniel era meu, meu filho. É meu filho... (Respire, resp... não, não, não quero respirar.) Daniel é meu filho e quero saber onde ele está.

Eu não mereço respirar. Respiro. Minha condenação é respirar.

Fran, tão pouco sobrevive do que tínhamos, apenas migalhas de pão que caem da boca por querer devorar todas de uma vez e que caem no chão. Fran, tão pouco sei dele e ele de mim. Como ousamos ser pais?, por quê? Fran, tão pouco vivemos juntos e tão grande é a nossa infelicidade. Fran, o estoico, o forte, o duro, o reloginho preciso, o mensurável. O mensurável. O imbecil. Existem pessoas, como eu e como Fran, que deveriam morrer assim que se demonstra que não sabem ser pais.

Por seleção natural.

Quando Nagore foi embora, eu soube que a amava, antes, não.

Fran não queria ter filhos. Ou queria, mas não logo. Para quê? Por isso ejaculava nas minhas pernas. Eu gostava quando ele fazia isso. Seu sêmen branco iluminava minha pele morena. Vladimir usava preservativo. Que fina capa elástica nos separava, como era contundente a sua recusa ao fértil! Quanta vontade ele tinha de pôr uma barreira entre a minha pele e a dele. Por isso que o fato de Fran tocar em mim com sua glande úmida fazia eu sentir que ele me amava. E o amor, tão enganoso, tão febril, que faz com que o sêmen passe das pernas ao útero e do útero à desgraça. Há aquelas que nascem para não ser boas mães, e a nós Deus devia ter esterilizado antes de nascer.

Fiz os exames para saber se estava grávida. Quando contei a Fran, ele me abraçou como se isso fosse o que devia fazer. Você quer, quer que a gente tenha este bebê?, perguntei. Sim, ele disse que sim. (Respire, respire...) Quer cuidar dele, vai cuidar de mim? Sim, disse que sim. Não importa o que aconteça, vamos ficar bem, não é? Sim, ele disse que sim. Disse (respire) que sim. (Respire, respire!, respire, respire!) Ele disse que sim. Não importa o que aconteça, não é? Sim. Não importa o que aconteça, vamos ficar bem, não é? Sim. Não importa o quê, vamos ficar bem. Não é? Sim. Não importa o que aconteça, vamos ficar bem. Não. Sim. Nesse dia, devíamos ter abortado.

Talvez, procurando alguma coisa dele, Fran e Nagore viam fotografias de Daniel nas horas em que achavam que eu não estava percebendo. Vocês vão ficar cegos, eu disse um dia. Não responderam nada. Estão procurando numa fotografia, e por que não vão procurá-lo pelas ruas? Silêncio, não costumavam cair nas minhas provocações. O que veem nele? Nunca o viram, insistia eu. Quando ele estava aqui, nunca o viram. Sim, vimos, sim, disse Nagore. Não viram. Sim!, devolveu Nagore num grito. Sim, vimos, sim, vimos, e você perdeu ele, você!, e Fran tapou a boca de Nagore e ela começou a chorar. Não viram. Eu também não. Isso era o que mais doía, que, no fundo, nós três sabíamos que o meu descuido era o descuido dos três, mas que era mais fácil jogar a culpa em mim ou acreditar no destino, às vezes acreditávamos. Dava no mesmo.

Para onde foi Daniel?

Na primeira noite sem Daniel em casa eu quis dormir, mas não consegui. Peguei Fran pela mão e, calados, escutávamos o barulho dos carros que chegava à nossa janela. Mais tarde Nagore se juntou a nós. Aninhou-se no espaço produzido por minha posição fetal. Talvez nenhum de nós três tenha fechado os olhos durante toda a madrugada, mas não enxergávamos uns aos outros; talvez a luz dos automóveis sobre a cama. Talvez pedaços de nossos corpos, o cobertor, nossas mãos entrelaçadas. Éramos espectros. O que desaparece leva algo da gente que não volta; chama-se sanidade.

Respire. Tire a terra que está em cima de você. Aguente. Levante-se. Respire. Respirar para quê?

Cheguei a sentir respeito pelas pessoas que são capazes de falar e de revelar suas emoções. De compartilhar, de sentir empatia. Eu sentia que tinha alguma coisa engasgada entre os pulmões, na traqueia, nas cordas vocais. Querer falar me doía, como quando uma mão nos asfixia. Meu corpo mudou, escasso, flácido, frágil. Daniel também deve ter mudado muito. Eu imagino ele andando pela rua de mãos dadas com uma mulher doce, de cabelos grisalhos. Visualizo inclusive os passos e os segundos que demoram para que ela vá comprar um sorvete ou um algodão-doce no parque. Vejo quando ele come com a calma que lhe é típica. Gosto quando vejo que continuam andando e de saber como ele ri, como come e como dá beijos cheios de saliva na mulher. Ele não me conhece, não se lembra de mim. Não sabe quem é Nagore, não sabe quem é Fran, inclusive eles poderiam passar ao seu lado e ele continuaria beijando os cabelos grisalhos dela, as mãos meladas de algodão-doce. Também imagino ele dormindo, glutão, com a barriga cheia, com a mão aberta enquanto dorme, e dá para ver uma suave respiração, que faz com que eu saiba que está vivo. Vivo. Enquanto tento engolir saliva, encaixo as unhas na palma da mão e seguro forte, como uma mulher prestes a acontecer, mas que não acontece.

Nagore cresceu rápido. A vida se avultava pouco a pouco no peito, nos quadris e na altivez que ela nos esfregava na cara, indicando que, apesar de tudo, continuava viva. Ela construía um solo em que seus passos eram firmes e do qual eu não ficava sabendo, mas supunha que na escola ela ria e fazia piadas e respirava plena. Eu imaginava ela andando e rindo e sendo feliz e se sentindo muito viva, muito presente, certa de que pisava na terra. Por isso, aquela vez que ela fechou a porta do quarto, senti meu estômago arder e corri para abri-la num golpe seco: Nesta casa não existem segredos, eu disse, e ela me olhou da cama, em silêncio. Ela sabia que tudo entre nós duas era um segredo, especialmente o fato de que, no fundo, nos odiávamos mutuamente.

Se eu não tivesse levado o celular na mão quando estávamos no parque, Daniel estaria comigo. Se eu não tivesse querido sair naquela tarde para me distrair da mensagem de Vladimir, Daniel estaria comigo. Se eu não tivesse decidido acreditar que o amor é uma decisão, e por causa disso ter decidido que amava Fran, apesar de cada membrana muscular do meu corpo sofrer por Vladimir, Daniel não estaria comigo. Não existiria. Se eu não tivesse decidido estar com Vladimir, eu ainda seria a promessa de uma mulher que se constrói. Não teria família, não teria dor, mas o amor não se esfuma, o desamor não se escolhe, embora ao dizer isso pareça que estou me eximindo.

Procuramos até nos objetos sem importância. Qualquer indício de que ele está por perto é suficiente. Daniel estava no prato de sopa que tinha deixado antes de sairmos para o parque, na roupa que tínhamos posto no cesto de roupa suja de manhã. Na cama desfeita, nos brinquedos. Daniel continuava presente em cada lugar da casa: no ranger dos tijolos que se dilatam quando o sol os aquece e parece que alguma coisa é jogada, como Daniel atirando no chão um brinquedo. E Fran sabia disso, e por isso nos primeiros dias tratou de organizar tudo, tudo, como que para criar novos cenários nos quais eu não pudesse me regozijar na tristeza; como na vez em que deu um jeito no prato que ficou mofado com o tempo. Vi o prato sem querer enquanto ajeitava o saco de lixo. Quando o identifiquei entre os restos de comida e as caixas de leite, o tirei dali desvairadamente, como desvairadamente fui pegar a xícara de café que Fran tinha sobre a mesa enquanto dizia algo a Nagore e a arremessei, esperando por uma briga. Mas ele já não entrava em brigas e me deixava engasgada entre o choro e a ira. Comigo não voltou a acontecer nada que valesse a pena, por muito tempo eu não soube mais o que era ter uma catarse concluída.

Eu devia ter antecipado o claustro no qual minha vida poderia se tornar quando notei que Fran se esforçava para fazer amor em silêncio. Ele tinha orgasmos que reprimia entre o ímpeto e os lábios, que apertava com força para não exclamar qualquer coisa. Eu conseguia escutar algo porque sua cabeça sempre ficava perto do meu ouvido. O orgasmo dele era uma revolução reprimida na garganta. Contraía o corpo, ia e vinha em cima de mim, mas formal, como se fazer amor fosse um sentimento, e não um ato de sobrevivência humana. Me acostumei a isso e, assim, emudecermos depois do desaparecimento de Daniel não foi uma surpresa.

Não conheci a irmã de Fran. Eu não gostava das famílias. Sei que a irmã de Fran foi morta pelo marido. Sei que não se deve morrer pelas mãos daqueles que amamos, sei que ela não queria morrer, pois encontraram arranhões que ela fez na cara e nos braços do seu assassino. Também sei que Nagore herdou seus olhos azuis, embora os cabelos louros sejam do pai. Sei que foi uma boa irmã e que Fran a amava muito. Sei que Nagore cresceu entre mimos e uma educação carinhosa. Sei disso. Como sei, por isso tudo, que Nagore era de Fran, e não minha. Sei que Nagore não nasceu para mim. Sei que, na cabeça de Nagore, Amara é sua mãe, e nenhuma outra. Sei disso. Então, para que perder tempo cuidando de uma filha que não é minha, por que teria que ser eu o seu abrigo? Por que teria que sentir empatia por alguém que não conheci?

Também dei para brigar mentalmente com Vladimir, eu precisava brigar, e não havia eco algum que me respondesse. Sabia que eu perdi meu filho porque fui ver a sua mensagem? E você, o que você fez a respeito? Baratear, foi isso o que você fez, baratear a minha vida, transformá-la numa brincadeira, numa piada. Sabia disso, sabia? E o que você sabe? Nada, não sabe nada. Sabia que eu tive um filho para ter um pretexto para me afastar de você? As pessoas não podem ter filhos por razões tão estúpidas. Tive um filho para me afastar de você. Que imbecilidade, foi tão fácil você ir embora. Sabia que eu estava pensando em como fazer você voltar enquanto em um, dois, três passos Daniel desapareceu? Não levaram Daniel para fazer mal a ele, arrancaram Daniel de mim porque ele merecia uma vida melhor e era óbvio que eu não sabia como dar isso a ele, porque perdia tempo brigando com Vladimir em vez de pensar em como encontrar Daniel.

Mas também acontece de amarrarem, violarem, esquartejarem, escravizarem as crianças, as utilizarem para pornografia. Mas também acontece de ser possível que Daniel esteja jogado no lixo, apodrecendo, cheirando mal, com baratas em cima, com vermes o comendo. Vladimir, Vladimir, está me escutando? Onde Daniel está? Não quero respirar. Para o inferno, Vladimir, desapareça você, mas me deixe o meu filho. Ou deixe que eu desapareça, vida, deixe que eu desapareça!

Entramos no avião com Nagore e Daniel nos braços. Daniel tinha dois meses de idade. Eu não queria voltar para casa. Sei que Fran fez de tudo para que Nagore fosse nossa, apesar dos avós quererem ficar com ela. Saí do México com Daniel no ventre e não conseguimos mais regressar antes do seu nascimento. Nesse período, vi Nagore poucas vezes, embora dividíssemos o mesmo pátio e dormíssemos em portas contíguas. Tinha medo de olhá-la nos olhos e sentir empatia pela tristeza de perder os pais. Sentia que ela podia passá-la para mim como se fosse um vírus. As grávidas se contagiam com tudo. Entramos no avião e senti medo de saber que Nagore ia ficar sob a minha responsabilidade, não sabia o que fazer com duas crianças. Nunca quis ser mãe, ser mãe é o pior capricho que uma mulher pode ter.

Quando pensamos no futuro, geralmente nos vemos bem. Todos nós queremos o futuro, porque é uma promessa de que, em algum momento, você ficará livre da estupidez. Meu futuro não existe, Daniel o levou embora.

A gente não anda perguntando a todo mundo onde está Daniel, onde se imagina que ele possa estar. Mas você pensa nisso o tempo todo. Se tenho alguém na minha frente, ainda me pergunto se, diante do fato de que eu possa lhe contar como as coisas aconteceram, talvez essa pessoa possa reparar em algum detalhe, algo que não contei antes, ver a fotografia completa e saber para onde ele foi, quem o levou... Quem sabe, em algum momento, essa pessoa possa perceber alguma coisa que nem Fran, nem a polícia, nem eu tenhamos percebido ainda. Uma nova pessoa sempre é a possibilidade de uma nova e melhorada resposta. Mas não pergunto nada, e o melhor é imaginá-lo feliz. Se lembrará de mim? Se lembrará de mim? Do que ele se lembra, se é que se lembra de mim? No que pensa? Respire. Se lembrará de mim? De mim? Respira, Daniel respira?

Nagore tem uma voz doce que não se alterou com os anos — como se aferrada à bondade, apesar de ter um pai assassino e uma mãe morta. Nagore se aferra ao brilho nos seus olhos, apesar de ter nascido sem sorte. Se aferrou a isso, embora estivesse destinada a ser uma sombra: a sombra da sua mãe, do seu pai, de Fran, de Daniel. Eu sequer conseguia vê-la, pois ela se esfumava. Ela se parece a todas as mulheres, embora se empenhe no contrário.

Sei que Fran não esteve com outra mulher, embora eu quisesse que ele estivesse com alguma. Que me desse motivos para odiá-lo. Ele não faz nada. É como uma árvore. Sei que Daniel não sente falta dele. Sei disso, porque ele não merece. Não merece. Fran podia ter sido um bom pai. Eu dei e tirei dele essa oportunidade. Talvez seja ele quem me odeia e seu ódio é suficiente para os dois. Nenhum de nós dois merecia Daniel.

Que tudo se acabasse de uma vez e para sempre. Que acontecesse um terremoto, uma bomba, uma guerra, uma pistola, insurgentes rancorosos, uma aranha venenosa, um edifício de vinte andares, uma coragem. Nunca fui corajosa, por isso continuo viva.

Fran punha Daniel no colo e Daniel lhe pegava os olhos como se quisesse arrancá-los, mas seus dedinhos eram tão suaves e indefesos que quase não incomodavam Fran. Daniel tinha os olhos escuros como os meus, se por acaso em alguma coisa se parecia comigo. Afirmo isso, sim, mas não porque eu me lembre deles, e sim porque, nas fotos, é essa a impressão que tenho. Me lembro reiteradamente da primeira febre de Daniel e que corremos para o hospital. Esquecemos Nagore em casa. Deve ter sido uma premonição para ela. Para consolá-la, Fran a pôs no colo e lhe disse que logo faríamos alguma coisa. Entre lágrimas, Nagore disse que tudo bem. Daniel olhava para Nagore fixamente, como se soubesse que tínhamos feito algo a ela por culpa dele, e ela, doce, lhe beijou os olhos antes de ir dormir e Daniel a abraçou e lhe chupou o rosto. A vida nos coloca em circunstâncias que não pedimos. A vida é uma merda. Muitas vezes sinto pena de Nagore, mas ela tem que aprender a andar com as próprias pernas.

Nem sempre você se odeia. Não é o tempo todo que dá vontade de chorar. Só às vezes as pontadas no fígado se desatam à menor provocação. Assim como numa manhã chega-se a acreditar que tudo pode ser melhor, em outras manhãs, não. Perde-se a esperança e vive-se com um embrulho no estômago que nada tem a ver com a digestão. Um bolo no aparelho digestivo, um pedaço de pau que não te deixa comer, ainda que você tenha fome, um corte que não te deixa beber, porque arde. Nem sempre você se odeia. Não é o tempo todo que dá vontade de chorar, há inclusive ocasiões em que você sorri sem perceber, ou você solta gargalhadas mentalmente. Isso é o mais perigoso, gargalhar sem vontade, pois são as alegrias que mais abrem buracos no peito e nos pulmões e, por isso, é preciso repetir a si mesmo: Respire, respire. Uma panela de pressão que se move alguns milímetros para que o vapor queime. O vapor queima, parece que não, porque não é fogo, porque não é sólido, mas queima, e assim são as risadas mentais, um vapor que, quando sai, queima e se expande e te faz odiar. Você odeia rir, apesar de você.

Coma, apesar da comida estar queimada, sem sabor ou malfeita, coma, eu dizia a Nagore, querendo ser a pontada no seu fígado. Por que sinto tanto e por que os outros não? O que os faz especiais?, que jogada de dados foi a deles para terem uma vida normal? Coma, ingrata, coma, porque eu cortei a verdura em cubinhos para que pareça que eu me empenho! Coma, porque não serão as minhas ações que vão me delatar, coma e cale a boca, e saia daqui, que te doa cada mordida insossa, que você sinta dor todas as vezes que comer, chore comigo, chore e seja fraca como eu. Nem sempre você se odeia, Nagore, mas estamos muito perto disso. Então eu lhe deixava o prato na mesa e a obrigava a comer tudo o que havia nele.

Aonde Daniel vai todas as manhãs nas quais eu fico jogada na cama, esperando que o tempo não passe e ele não seja a criança desaparecida? Aonde vai e para quem ele olha? Há alguém que ele chama de mãe?

Nagore se aproximava da porta do meu quarto, ficava parada até que eu perguntasse o que ela queria. Nada, dizia na maioria das vezes. Noutras, me trazia frutas. Coma, ela me dizia. Às vezes se oferecia para escovar os meus cabelos. Foram poucas as vezes, mas cheguei a deixar que me penteasse, pois assim a mantinha calada e entretida. E embora eu lhe desse as costas, isso não impedia que de vez em quando ela beijasse os meus cabelos. Talvez umas duas vezes me beijou na bochecha e eu encostei nela, agradecida. Houve até momentos, quase imperceptíveis, em que parecia que eu prestava atenção nela e perguntava como estava sendo seu dia e ela soltava uma verborragia na qual eu não prestava atenção. Sua voz era um ruído alheio que não conseguia fazer eu me interessar, mas que aliviava o profundo silêncio em que tinha se transformado o labiríntico passar dos dias.

Se um dia você ousar me dizer em voz alta que eu sou a única culpada de tudo o que acontece, tem que ser logo, eu disse a

Fran, mas ele franzia o cenho e dizia não com a cabeça. (Respire...) Eu sou, eu deveria ter prestado atenção. Não. (Respire, respire.) Andei até ele. Eu o perdi. Não. Eu não o levei. Alguém o levou? O que foi que aconteceu? Fran, o que foi aquilo? (Respire, respire, respire, respire.) Se um dia você ousar... E um dia ele fez: Você podia ter sido mais cuidadosa, me disse. (Pontada, pontada intensa no fígado.) Você podia ter estado aqui, comigo, comigo! Dei uma bofetada nele. Ele me abraçou. Não, não, não. Eu o empurrei na parede várias vezes, com as mãos abertas, repetidas vezes. Continuou a me abraçar por um momento, em seguida passou a mão pela minha cabeça, como se eu fosse um cachorro, e depois foi embora. Sabe-se lá que infernos ele tinha e que o consumiam por dentro e não se atrevia a revelar. Acabo de pensar nele assim, humano, mas ele nunca mais, nunca mais voltou a se mostrar assim, até aquele dia quando Nagore foi embora.

De repente, não de maneira frequente, se acumulava sangue em meu púbis. Eu achava estranho o orgasmo mudo de Fran. Seu sêmen branco em minhas pernas. Que distante estávamos daquilo. Mas acontece que, como um pacto intrínseco, sabíamos com antecedência que o desejo se torna proibido aos pais que perdem e não encontram seus filhos.

Daniel não conseguia dormir à noite se antes Nagore não lhe cantasse uma canção. Eu a vigiava sentada. Nagore fazia direitinho. Passava a mão na carinha de Daniel e acariciava a sobrancelha dele e o obrigava a fechar os olhos enquanto sussurrava a canção. Se alguém tivesse tirado uma foto nossa nesse momento, as pessoas poderiam pensar que eu era uma boa mãe. Acho que Nagore pensou que eu seria uma boa mãe. E então por que deixei o meu filho sozinho em um parque e preferi ver meu celular? Que tipo de piada materna eu sou?

Teus pés criam calos de tanto caminhar. Notei que meus pés são macios. Me faltam quilos, me sobram roupa, pessoas, horas. Em que momento terei vontade de correr e me jogar pela janela? Talvez eu deva admitir que a tristeza cai bem em mim porque sou egoísta.

Mas como,
desabituar-se de si
tão de repente?
da ordem das noites e dos dias?
das neves do próximo ano?
do rubro das maçãs?
da mágoa pelo amor
que nunca é demais?

Wisława Szymborska
Fragmento de *Um minuto de silêncio*
por Ludwika Wawrzyńska

Antes Leonel não tivesse chegado nas nossas vidas. Antes tivesse começado a chorar bem alto quando devia ter chorado, e não depois, já no caminho. Eu era a mulher da sombrinha vermelha que entrou no táxi quando começou o alvoroço no parque. Claro que abracei ele enquanto chorava, mas é que ele chorava muito; semanas depois nos disseram que ele tinha autismo e que talvez por isso não gostava de quase nada. Foi nesse momento que me arrependi de querer ser mãe.

Queria ser mãe dos filhos de Rafael, que, naqueles dias, quem sabe o que aconteceu com ele tempos atrás, e mesmo que eu perguntasse ele não dizia nada, porque ele era assim, que porra ele tinha o quê, pois algo você tem, não diga que não, eu dizia, mas ele nunca falou olha, eu tenho isso, ou sinto que, sei lá, alguma coisa, ou olha, é que se eu te contasse, mas nada, e acho que ainda que eu não aceite, sou dessas mulheres que preferem estar com um homem mesmo que ele não goste delas e que sempre dizem então amanhã será outro dia, porque tem que se fazer alguma coisa para melhorar; muito otimista ou muito entusiasmada; por isso achei que Leonel ia chegar e deixar tudo melhor, mas não passou de tapar o sol com uma peneira, o que está estragado está estragado, não tem jeito.

E o que acontece é que eu sempre quis ter uma filha, arrumar seu cabelo com laços de fita, vestir ela com esses vestidos esvoaçantes que a gente põe nas meninas em dia de festa; ver ela usar os meus sapatos, pintar a cara, se pentear, não sei, uma menina sempre é mais divertida, mas depois pensei que Leonel deixaria o Rafa mais contente, que eles jogariam futebol, brincariam de lutinhas, coisas de homem.

Você roubou ele, tá doida?, Rafael gritou comigo um pouco depois que me viu entrando em casa e sentando o menino à mesa e Leonel não parava de soltar seus berros. Então Rafael ficou de pé e veio me dar uma porrada na cabeça. Tá doente, o que você tem na merda dessa cabeça, filha da puta? Mas eu fazia de conta que estava tudo normal. Pensei que tinha que dar tempo pra ele pra gente se conhecer, não se cria uma família da noite pro dia. O autismo estragou tudo, ou então é isso, é que eu não sei escolher os homens da minha vida. Porque escolher os homens da minha vida implicava muitas coisas, entre elas não faltar com respeito e, mesmo assim, a gente agiu como pais na primeira noite que Leonel dormiu em casa, porque o comportamento dele nos deixou desesperados. A gente não sabia o que estava acontecendo com ele, porque ele se jogava no chão, batia na própria cabeça e, quando queríamos segurar ele, ele dava socos e pontapés. Um, sim, me doeu, e, sem pensar, puxei o cabelo dele, mas foi pior, porque ele começou a gritar mais, como se a gente tivesse matando ele. Rafa se desesperou um montão, bateu a porta do quarto com toda força e se fechou. Fiquei com Leonel na sala. E disse Leonel, Leonel, o que você tem? Mas Leonel só fazia pôr a mão na boca enquanto o ranho e as lágrimas escorriam por sua carinha, até que depois de um tempão ele caiu no sono. Eu, que nessa hora estava com a boca seca e a barriga inchada, preferi nem tirar ele do chão e fui pegar um cobertor e o cobri, depois fui atrás do Rafael.

Assim que eu entrei no quarto, ele ficou de bruços na cama para não olhar para mim. Rafael, desgraçado, vamos conversar, mas Rafael não me respondia, então sacudi ele pra ver se acordava. Rafael, vamos conversar, não finja que está dormindo, eu disse, mas ele continuava a fingir que estava dormindo, até que ficou uma arara e me disse basta e ficou de pé e me puxou pelos cabelos e me encurralou na parede. Mas eu respondi, me joguei pra cima dele, arranhei e mordi ele. Em mim você não bate, imbecil. Mas ele continuou me batendo: maldita velha doente, safada, maldita doente, ele me dizia enquanto me dava chutes e eu dizia ai, ai... Até que se cansou e foi dormir na poltrona para vigiar Leonel. Fiquei chorando na cama, olhando eles de canto, tinha medo que Rafael fizesse alguma merda e levasse o menino embora, mas ele não levou. A única coisa que me arrependi foi não ter percebido que o menino tinha autismo.

No dia seguinte, enquanto eu servia os ovos fritos com molho na mesa, disse que eu não sabia de onde ele tirava a ideia de que tínhamos que ser normais. Eu acho que isso é normal, Rafael, a gente é que não sabe. Ele olhou feio para mim. Você acha que eu não penso, mas eu penso, só que não penso o que você quer que eu pense. Quando engoliu os ovos, ele limpou a boca com a mão e, antes de sair, me deu tapinhas na têmpora. Você não pensa, não pensa. Fiquei zangada com ele por vários dias, mas depois, com o tempo, descobri que eu fazia a mesma coisa com Leonel. Pensa, pirralho de merda, pensa... Mas Leonel se balançava de um lado para o outro da cadeira e, se eu incomodava muito, começava a se bater na parede para que eu deixasse ele em paz. Pensa, pirralho de merda, pensa! — e dava tapinhas na têmpora dele.

Depois, para ter alguma resposta, sim, cheguei a pensar que tudo começou quando as minhas primas começaram a ter filhos, da noite para o dia as casas das minhas tias se encheram de crianças que gritavam por todos os lados. Primeiro parei de ir visitar elas, sei lá, me sentia desconfortável, mas depois comecei a sair com Rafael e, depois de um mês, eu disse que queria ter uma filha, se ele se animava, que ele estava muito bonito, que a criança ia ser bonita. Rafael riu e me afastou, não viaja, que vou acreditar, ele me disse. Pois pode acreditar, porque é sério. Me disse que iria pensar, mas não pensou coisa nenhuma. Me enrolou assim por um ano.

O que você pensou sobre o que eu te disse? Pois eu continuo pensando, ele disse, e me deu um beijo pra calar a minha boca. Oh, Rafa, estou falando sério, mas ele apenas ria e me beijava ou me passava aquela mão boba. E eu me zangava, mas aguentava, porque tinha medo de deixar ele e de que ele me perseguisse e não me deixasse em paz, como fazem todos, então me conformava em esperar ele me dizer que sim.

Éramos namorados, mas no começo a gente quase não se via, até porque ele trabalhava no sul e chegava tarde em casa, e nas sextas ele ia encher a cara com os amigos e jogar bilhar. Primeiro eu pensava tudo bem, a vida é dele, mas eu logo me incomodava, porque ele se achava, sim, muito esperto aproveitando a vida, e eu aqui, feito uma idiota encarcerada. Então fui jogar bilhar eu também, nas duas primeiras vezes ele veio apenas me dar uns tapas na bunda e me dizer para eu ir direto pra casa, mas na terceira, aí sim, ficou furioso e me tirou do bar. Ora, o que você tá fazendo aqui outra vez? Jogando bilhar, ué. Vá pra casa, que não são horas. Como que não são horas? Pois se você tá aqui. Tá me vigiando? Oh, claro que não, só tô me divertindo, igual a você. Me levou pra casa dele. A mãe dele nos deu sopa pra jantar. Ele continuou insistindo que eu não tinha que andar pelos bares, mas por que não?, perguntei, porque não, ele disse. Eu ri e ele se zangou. Empurrou a cadeira que tinha ao lado e me disse que não provocasse, eu disse que não, que não ficasse daquele jeito, e ele bateu na mesa. Esperei a mãe dele dizer alguma coisa, mas ela não disse nada, só nos olhou de canto e deu uma de tonta, como se não tivesse escutado. Você não vai me bater, Rafael, porque senão eu te denuncio, eu disse. Ai, mas se ele nem tá te batendo!, me disse a mãe, tá batendo na mesa, não invente coisas, insistiu. Pronto, Rafael, leva ela pra casa. Eu disse que não, que ia sozinha, mas Rafael pôs o casaco e saiu comigo. Não me provoque na frente da minha mãe, me disse ele enquanto me levava rápido pela avenida. Pois então não me traga aqui. Você se acha muito espertinha, me disse, e eu disse pra ele, pois esperta não, mas também não sou uma largada, e se eu te encho tanto o saco, então vai à merda, Rafael, enfia a porra do taco no cu, e fui saindo, com as pernas tremendo, e continuei andando sem querer me virar para trás, mas ele me alcançou e só senti quando ele me empurrou pelo ombro contra a parede. Meu corpo inteiro ardia de raiva, mas eu não soube como reagir. Ele disse chega e se aproximou bem de mim, achei que ele ia me bater na cara e por isso beijei ele antes, pra ele se acalmar, e ele correspondeu. Começamos a nos beijar e só senti ele se esfregando na minha barriga com o pau todo duro. Ele me beijava e me apalpava, depois enfiou a mão dentro da minha blusa e beliscou um dos meus mamilos, senti um calorzinho crescer entre as pernas. Foi a sensação mais bonita que eu já tinha sentido em toda a vida. Depois ele levantou a minha saia e me disse que ia fazer a minha filha em mim ali mesmo, e eu senti que amava ele mais que tudo no mundo e beijei muito ele, mas a gente não fez nada ali porque eu disse que estava menstruada e então ele só me olhou de um jeito estranho, duvidou, ajeitou a roupa e me levou pra casa.

Também não é que me batesse muito, porque ele dizia que por qualquer manchinha roxa já andavam metendo as pessoas na cadeia, mas uma vez descobriu que nos peitos não me ficavam marcas. Então deu para me bater aí, vou murchar eles, me dizia, e eu o estapeava, mas ele conseguia me bater. Seus peitos vão ficar murchos e não vão mais servir, e eu tinha medo de que fosse verdade e não pudesse dar o peito aos meus bebês. Rafael ria e, não sei como, mas, já calmos, nos reconciliávamos.

O problema é que pensei que, já com Leonel em casa, os tempos ruins iam se acabar, porque a gente aprende a ser mãe conforme as coisas vão acontecendo, e ainda que eu me desesperasse vendo que Leonel era impossível, também pensava é que ele deve estar estranhando, ainda está me conhecendo. Mas as coisas não melhoraram, eu me sentia mais sozinha do que quando não estava com Leonel, porque Rafael chegava mais tarde que de costume e eu tinha que me virar entre cuidar de Leonel, que, quando estava bem, podia passar o tempo brincando na mesa com as colheres enquanto dizia ore, ore, ore, e entre as encomendas de gelatinas e paletas de bichinhos que eu vendia pras lojas. Não havia descanso pra mim, nem uma filha pra abraçar ou papear, apenas Leonel, que passava o tempo cagando nas calças, e Rafael, que, quando chegava, era só pra encher o saco.

Ainda assim, por que fiquei com Rafael é que não sei dizer. Tivemos nossos momentos, eu antes dele não sabia muito, então quando ele começou a me tocar eu gostei e senti que estávamos próximos: a primeira vez que fizemos, a gente estava no quarto dele, começamos a nos beijar e gostei que ele me chupasse os mamilos, fechei os olhos meio que para não ver que ele podia ver que eu estava gostando e, enquanto ele chupava, enfiava a mão por baixo. Dessa vez, de tanto mexer o dedo em cima da minha calcinha, rasgou ela, fez um furinho, que logo virou um buraco. Isso deixou ele muito excitado, porque já com o dedo mais dentro ficou me olhando e me disse que eu estava molhada. Eu não sabia se isso era bom ou não, por isso beijei ele. Quando eu não sabia o que fazer, beijava ele. Então ele apenas aumentou o buraco e entrou em mim, rapidinho, porque acho que se ele tivesse me pedido permissão eu nunca teria deixado, porque doeu muito, então ele se mexeu devagar e me perguntou se doía, eu disse que não, porque tinha medo que ele saísse e doesse de novo. Então ele se moveu rápido e eu só fiquei deitada vendo ele se mexer em cima de mim com os olhos fechados. Você vai fazer a minha filha?, perguntei, mas ele só abriu os olhos e sorriu zombeteiro.

Ele não fez a minha filha, quando estava quase lá, ele saiu e jogou todo o sêmen na minha barriga. Depois se recostou ao meu lado e disse para eu me limpar com o lençol. Fiz o que ele disse, estava meio confusa, porque fiquei pela metade, mas não disse nada porque tinha como que uma tristeza por ele não querer fazer a minha filha em mim, pois eu achava que para isso era que a gente se deitava com um homem, pra fazer filhos. Mas então, desde esse dia, eu falava pra ele meter em mim o tempo todo e ele ficava com bastante tesão quando eu dizia isso, então fazíamos em todo canto. Também é verdade que naquele tempo a gente não se estapeava nem nada, foi como que a nossa época feliz, só faltava ele fazer a minha filha em mim.

Então por isso eu pensava nisso quando via Leonel sofrer tanto, teria sido tão mais fácil se Rafael pusesse vigor pra fazer a minha filha, assim nada do que aconteceu teria acontecido. Eu dizia a mim mesma que, se tinha me adaptado a uma coisa que eu não gostava no começo, então Leonel ia se adaptar, e eu acho que ele se adaptou, e ainda que ele chorasse, chorava menos, ainda que batesse na própria cabeça, batia menos, era realmente assim, até Rafael notou e começou a perguntar como tinha sido nosso dia, se eu tinha dado banho nele, se eu tinha dado de comer a ele direitinho.

Se você quer ser mãe, vai ser uma boa mãe, mesmo que o menino seja tapado, me disse. Ele não é tapado, deixa de ser burro. E com burro o que eu queria dizer era que não era possível que ele não percebesse que eu tinha trazido Leonel pra nossa vida pra gente ser uma família, pra ele ser amado, pra ele também fazer parte dos seus cuidados e que, quem sabe, quem sabe, se Leonel ter saído autista não era seu castigo por não ter feito uma menina em mim, era tão fácil... Mas não me atrevia a dizer isso, porque Leonel ficava nervoso quando escutava a gente gritar e começava a se bater quando a gente se batia, aí ficava muito difícil pra mim acalmar ele e, além das porradas de Rafael, eu tinha que aguentar os chutes do menino. É verdade que depois eu me vingava e alfinetava ele por qualquer coisa, dava comida gelada, ou, quando ele não estava me vendo, cuspia no prato dele ou lavava as coisas fazendo barulho ou algo assim; se eu não estava em paz, ele também não ia ficar em paz. Porque também é verdade que já tinham me dito que ele era foda, mas — pra que negar? — a gente gosta de um homem foda. Não sei se é mesmo a televisão ou o que seja que nos diz de que tipo de homem a gente tem que gostar, mas eu, sim, gostava de ver como, na rua, eles são todos valentões e encrenqueiros e com a gente são feito cachorrinhos com a língua de fora, isso fazia eu me sentir poderosa. Da porta pra fora, todo fodão, aqui dentro, me come bonitinho, dizíamos entre amigas e ríamos, porque viravam mesmo gatinhos molhados quando queriam se deitar com a gente.

Quanto a Rafael, Sofía, que tinha sido namorada dele no colegial, já tinha me contado, mas eu disse claro que não é tão violento como ela diz, deve falar isso porque se morde por dentro, aquela fofoqueira. Por outro lado, me disseram que a Ana tinha ficado grávida do Rafa, mas que tinham levado ela para abortar e que também por isso ela foi embora daqui. Eu não acreditei muito nisso, porque todo mundo sabe que barriga na moça, não lava mais louça, quer dizer que é melhor ficar na aba do marido, ficar na aba dos pais e ser sustentada do que te apontarem na rua como aquela que abortou. De todo jeito, não acreditei ou não me importou muito, pois eu estava com ele, fazia o que queria com ele, eu tinha ele na minha cama. Gostava que andasse ao meu lado assim: altão, grandão, e que seus amigos dissessem coisas e que ele reagisse assim, todo fodão, e depois comigo, a sós, falasse docinho. Depois de algum tempo, sim, me dava vontade de ir perguntar pra família da Ana se era verdade a coisa com Rafael. Por que com ela, sim, ele tinha trepado sem precaução, e comigo demorou tanto? Se alguém merecia o sêmen dele, esse alguém era eu.

Talvez por ele ser todo fodão ou talvez porque também já tinham me contado que duas ou três vezes acharam que viram ele, com mais dois ou três, acho que com o Porca, roubando a bolsa de mulheres pela rua. Me dava pena, porque, mesmo sendo pouquinho e ordinário, sempre tínhamos o que comer, então pra que procurar em outro lugar? Mas eu ficava dividida, porque, por um lado, tinha vergonha, e, por outro, me dava orgulho, que saibam que ele é bom de briga, é bom que tenham medo dele, que não se metam comigo porque sabem que ele vai me proteger, pensava eu.

Por isso, nos primeiros dias, mesmo sentindo muito medo de sair pra rua com Leonel e dar com algum dedo-duro, eu saía um pouquinho, primeiro só pra comprar tortillas ou leite, e se me falassem e aí, eu dizia e aí o quê, vai, me dá logo as minhas tortillas, que tenho que dar conta de uma encomenda de gelatinas e não posso com o estômago vazio, e me olhavam de um jeito estranho, mas me davam minhas tortillas porque eu pagava por elas, eu não ficava perguntando se podia ser para a quinzena que vem ou para amanhã, no fim da fornada, não, comigo é em dinheiro vivo, na hora, sempre fui boa cliente. Isso e Rafael faziam eu me sentir segura, porque o que poderia me acontecer? Mas isso de sair assim de van ou pra muito longe, não, porque, pra começar, eu não queria que nem minha mãe nem minhas tias soubessem, então Rafael me disse pra eu não ser tonta, que andasse com cuidado, que ele estava muito preocupado, e então eu fiquei alguns dias em casa porque tinha medo que ele pirasse e fosse me entregar pra polícia. Desconfio que ele não fez isso porque naquela noite que cheguei com Leonel ele me deixou várias marcas roxas e um arranhão da sua bota na cara e, quem sabe, se fosse me denunciar, saísse ele, sim, preso, nunca se sabe. Depois, já passadas algumas semanas, um dia chegou a mãe dele com roupa pro Leonel, com fraldas e vários sacos de arroz. Tinham dito pra ela que os que têm autismo comem coisas coloridas, que eu tinha que preparar pra ele coisas puramente brancas. Ela pegou Leonel no colo e olhou pra cara dele e disse sim, tem o olhar perdido, ele baba? Eu neguei com a cabeça. Em seguida pôs a mão na bolsa e me deu dinheiro. Peguei e fiquei calada. Ela respirou fundo e disse que era pra eu falar pra todo mundo que o bebê era neto da minha prima Rosario, a de Morelia, que a filha foi pros Estados Unidos e que então eu, que não servia pra ter filhos, quis ficar com ele. Eu disse que sim com a cabeça, mas senti muita raiva, porque a filha da puta não segurou a vontade de dizer que eu não servia.

É o desgraçado do seu filho que tem que ser examinado, a porra sai dele pela metade e às vezes não serve pra nada. Então ela me olhou feio e foi embora. Respirei tranquila, porque já sentia que podia sair com meu filho sem tanta vergonha ou na defensiva. Então no dia seguinte levei ele ao médico e me confirmaram que sim, que minha sogra tinha razão, Leonel tinha autismo.

Se eu não tive namorado antes de Rafael não foi porque não quis, o que acontece é que eu via como, pelas ruas, os rapazes ficavam de olho em mim e eram todos uns babacas. Não sabiam conversar, ficavam nervosos ou eram daqueles que andam debaixo da saia da mamãe. Eu não queria alguém assim, queria um namorado que me desse orgulho de andar com ele na rua, que não fosse igual a todos — e o que podia diferenciar um rapaz do meu tipo de todos os idiotas? Pois o fodão, porque, que eu saiba, nenhum deles terminou nem o colegial, e se por acaso o Porca continuou no curso profissionalizante da Politécnica foi porque ele gostava mesmo era da farra e virou um maconheiro, dizem até, dizem, eu não sei, que ele recebia o salário do governo na folha de pagamento e tudo. Pois que ele fique sabendo que, mesmo assim, eu não gostava do seu cabelo espetado e dele não escovar os dentes e que fosse magricela. Então eu dizia pro Rafael, por que chamam o Porca de Porca, se ele é bem magrelo? Ah, porque uma vez ele quis ajudar a roubar um carro e levou uma porca, o idiota. E a gente riu, maldito Porca, além de magrelo, idiota.

E o que Rafael tinha de especial então? Pois Rafael era alto, era bonito, com os dentes todos arrumadinhos, sempre com as camisas limpas. Também foi o primeiro a me dar um beijo de língua. Ah, esse sim sabe o que quer, pensei, e se me quer, pois que seja. Se eu quisesse outra coisa, quem sabe?, mas onde? A gente não é besta, percebo que em outros lugares você é malvista: se não tá com uma roupinha de marca, não é ninguém; se não tá de carro, não é ninguém; se tá de carro mas não é do último modelo, se ferra. De um lado te dizem pra se esforçar, pra melhorar a raça, não permanecer pobre, mas se você faz tudo isso, te chamam de arrogante, arrogante desgraçada, você tem é vergonha dos seus, mas se você fica onde te disseram que é o seu lugar, então logo, logo fica na cara o sangue de índia, de totonaca, de vendedora de quesadillas, de verduras. E se você tiver mesmo a pele escura, pronto, já se fodeu, fica por baixo pra te pisarem, essa é a lei da vida. Eu ficava pensando em tudo isso quando me zangava com Rafael, mas se não fosse com ele, se não fosse aqui, então onde?

E várias vezes, sim, eu disse, então nem com ele, nem aqui, vamos ver onde... Eu já ia largar Rafael antes da gente ir morar junto. Tinha contado pra minha prima, mas nem com ela dava pra conversar, porque ela já tinha uma filha e só vivia dentro de casa, amargurada. Era como se a vida dela já tivesse acabado, como se tivesse perdido a alegria de viver, era pura neura. Mas se você não gosta mais, larga ele, daqui a pouco vira uma merda viver junto e cuidar dos malditos filhos dele, ela dizia, desanimada. Mas eu achei aquilo errado; como assim os malditos filhos dele? Eu com tanta vontade de ter uma filha, e ela reclamando. Aí percebi que ninguém tinha o que queria, por isso fiquei com Rafael. Pra que ficar procurando mais?

O grande defeito que eu colocava no Rafael era que a gente trepava, trepava e ele não gozava dentro de mim. Desse jeito você não vai fazer uma filha em mim, dizia eu, e ele, irritado, me dizia que estava esperando sair um negócio, que quando saísse ele ia me dar a filha mais maravilhosa. Mas nem filha maravilhosa nem negócio maravilhoso, puro gogó. Aí, por exemplo, minha prima dizia que eu não pedisse permissão, não seja tonta, a um idiota você não pede permissão pra engravidar. Diz a ele que gozar dentro te dá tesão, ou então você chupa ele e guarda o sêmen na boca e depois injeta em você com uma seringa, se você for mesmo esperta. E eu, que sentia mesmo uma comichão, um dia tentei fazer isso; perguntei como faço para gritar feito as mulheres dos filmes pornôs? Mas você ainda não gozou, gostosa? E eu disse que não. Aí ele foi, começou a me beijar, a me tocar até se concentrar embaixo, um dedo, dois dedos, primeiro de levinho, como se nem estivesse me tocando, e eu comecei a movimentar o quadril pra cima e pra baixo, como se tivesse vontade própria, então ele parou. Mais, eu disse, e ele meteu em mim e começou a mandar ver, bem forte, e eu senti como se tivessem apertado um botão dentro de mim e eu dizia, sim, com força, e ele continuou e eu comecei a gritar e ele tapou a minha boca porque estávamos na casa da mãe dele e ele não queria que ouvissem. Senti algo como umas contrações nos pés e então perdi todas as forças e fiquei abraçada com ele e aí me dei conta que ele também tinha acabado ao mesmo tempo e que não tinha saído de dentro de mim e quase comecei a chorar de emoção. Porque achei que agora sim estávamos tentando fazer a minha filha e esqueci que dias antes eu não queria mais saber dele, e duas semanas depois eu disse pra gente ir morar junto e ele disse que sim, que assim que saísse o negócio, que imagina que não, mas depois aconteceu o lance do meu irmão e eu dei um basta, ou íamos viver juntos agora ou nunca mais. Então fomos morar na casa dos quintais, pra onde depois levei Leonel.

A casa era pequenininha, sim, estava descuidada, mas eu gostava dela porque tanto na frente como atrás tinha um quintal grande. Eu podia estender a roupa e ao meio-dia já estava seca, podia sair na frente e pôr plantas e vasos, disso eu gostava. Também me entusiasmou ver que a cozinha era completa, com forno e exaustor, era um luxo, ainda mais pra mim, que usava tanto. O fogão não era de jeito nenhum novo, é verdade que faltavam duas grelhas, mas era isso ou não ter nada e, como já disse, sempre penso que a gente precisa olhar pra frente, assim, do jeito que for, porque é assim que as coisas em geral acontecem.

Mas mesmo a casa sendo pequenininha e mesmo que eu não fosse a louca da limpeza, claro que eu gostava que tudo estivesse limpo, e, quando Leonel chegou, o problema é que tudo ficava sujo, fosse porque ele manchava as paredes, fosse porque mijava e cagava toda hora. Era de enlouquecer ter que ficar esfregando tudo todos os dias, todas as horas. Se você quer viver na merda, problema seu, eu dizia, e ele naquele balanço de corpo que me irritava assim que começava a falar ore, ore... e enfiava os dedos na boca e mexia nos lábios e continuava a se balançar pra frente e pra trás. Ore a puta que pariu, eu disse uma vez quando acabava de limpar seu cocô, e sabe-se lá como ele pôs a mão na bunda e sujou os dedos e lá se foi o porco enfiando os dedos na boca. Ai, senti como se tivessem me posto pimenta no rabo. Ore, ore à puta que pariu, eu disse e puxei ele pelos cabelos e enfiei ele no banho com água fria e ele começou a gritar ore tita ore ore ore tita tita tita oreeee... E parecia estar procurando alguém, chorava e meio que começou a se afogar com o ranho e a água e, enquanto ele voltava a si, com as duas mãozinhas desesperadas puxou meus cabelos e eu me senti bem filha da puta e me caiu a ficha de que ele chamava alguém e que alguma coisa lá no fundo dele me dizia que eu era uma desgraçada, uma demônia ou algo assim, e que estava pedindo aos berros que essa maldita Ore aparecesse. Senti muito ciúme e muita tristeza e entrei no chuveiro pra dar banho nele como ele merecia e acariciei seu cabelinho cacheado e maciozinho e abracei ele e não disse mais nada, mas no fundo queria pedir perdão por fazer todas as merdas que eu fazia.

Nesse dia Leonel dormiu cedo. Eu pus ele no bercinho que tinha comprado e fiquei olhando pra ele por muito tempo. Leonel era um bebê muito bonito, acho que quando peguei ele tinha uns dois ou três anos, ainda tinha uma carinha bochechuda, olhos grandes, sobrancelhas grossas e crespas e mãozinhas pequeninas. Acho que voltei a me apaixonar por ele nesse momento, porque a verdade é que nem todos os melhores genes de Rafael nem os meus teriam dado em uma filha tão bonita como era Leonel.

E eu olhava pra casa, que, mesmo pequenininha, mesmo não muito bonita, mesmo avariada, era a minha casa, a minha casa. E eu gostava ainda mais dela porque também por ela eu e Rafael brigamos. Pra começar, eu disse que a gente ia morar juntos sim, mas não na casa da mãe dele. Ele se zangou, por que não?, me disse emputecido, pra que tinha construído os dois quartos em cima e... Pois esses dois quartos devem ser muito incríveis, muito bem construídos, mas não vou ir pra lá, porque, pra começar, você não me consultou, disse eu, e, pra terminar, como acha que vou viver na casa da sua mãe? Disse que ele não tinha que me consultar pra nada porque o dinheiro era dele e a casa era dele e, claro, a mãe era dele. Ah, pois se o dinheiro é seu, a casa é sua e a mãe é sua, então fique você, porque encostada na casa da infeliz da sua mãe eu não fico. Você respeite a minha mãe, me disse, já com a mãozinha empunhada, louco pra me bater. Mas eu o que fiz foi me pôr bem na frente dele e dizer vamos ver, me bata, filho da puta, me bata por culpa da sua mãe e agorinha mesmo vou lá e pego ela na porrada, e se ela me perguntar por que, vou dizer que porque o desgraçado do filho dela me bate e a senhora se faz de boba, então eu também vou bater. Foi aí que ele baixou a mão e me disse ah, mas você é uma filha da puta mesmo, e eu, que já estava pensando que tinha que ir brigar com a sogra, disse aliviada ah, pois somos iguais, meu filho. E foi então que eu falei pra ele sobre a casinha com quintais, que ficava perto da parada de ônibus e que de lá se podia ir caminhando a um dos comércios onde eu entregava gelatinas, e ele, já meio resignado, disse bom, mas que então eu é que ia pagar o aluguel, porque ele estava sem dinheiro, e que não queria pagar nada sendo que tinha dois quartos seus ali, vazios. E eu disse que sim, que eu me responsabilizava por isso, e, pronto, ele fez um muxoxo e fomos pra essa casinha.

Também antes de nos mudarmos, já com as nossas coisas lá e tudo, tive um pouco de dúvida. Você quer mesmo esse filho da puta todos os dias e todas as horas na sua casa? Mas eu estava muito abalada com o que aconteceu com o meu irmão e disse que sim, disse a mim mesma que sim. Porque, além do mais, eu confiava no Rafael, o jeito que a gente trepava, o jeito que ele me fazia gritar de tanto prazer, não achava que era de graça, algum tipo de conexão especial devíamos ter, uma coisa que vai mais além de trepar, eu pensava. E contava pras minhas primas e elas diziam que não, que vaca convencida, que a que muito se gaba pouco tem pra se gabar, mas eu dizia que não, e ríamos como bobas. Então como é que vocês fazem? E elas voltavam a rir e diziam que já naquela altura era só abrir as pernas pra que seus maridos parassem de encher o saco, então eu como que inflava o peito e pensava que se existia mesmo algo de mágico em Rafael e em mim, eu tinha sorte.

Mas a sorte durou pouco, porque as trepadas não são eternas, come-se, bebe-se, trepa-se, eu, por exemplo, trepava com ele e trepo — todos os dias, todos, doente ou não, fazendo gelatinas, doces, paletas. Nunca falta trabalho, é o dinheiro que não dá pra nada. Mas eu via que as coisas iam bem, que nunca me faltavam encomendas, que ele tinha um trabalho que até oferecia seguro-saúde; o que, o que mais faltava pra formar uma família, pra me dar o que eu precisava?

— Me faz a minha filha agora, o que tá esperando?

— Mas por que essa maldita pressa? Não tá vendo que um bebê vai tomar seu tempo? Você não vai poder fazer mais nada.

— E o que é que eu faço?

— O que você faz, ué.

— Não, me faz a minha filha, você disse que fazia, me disse que ia fazer uma filha em mim.

— Não, não vou fazer nem a pau.

— Mentiroso desgraçado de merda — eu disse e parti pra cima dele, peguei ele desprevenido e derrubei.

Ele costumava me puxar pelos cabelos, parecia fácil me pegar pelos cabelos e me sacudir, me pôr na frente dele, presa pela cabeleira e me dar chutes, como se chuta uma bola no ar. Assim ele me chutava na barriga e me dava bofetadas na cara, nos peitos. Eu podia gritar e desferir arranhões, mas ele sempre ganhava. Dessa vez, por exemplo, ele me deu um murro na cara, eu só senti que fui ficando tonta e que meu corpo começou a cair. Quando abri os olhos, estava no chão e ele tentando me levantar. Quando me pôs na poltrona, começou a chorar de escorrer o nariz.

— O que foi agora? — eu disse. — Tá chorando porque não sabe como me contar que é estéril?

Rafa apenas riu e limpou o nariz.

— Escrota.

— Imbecil — me levantei devagarinho e fui me ver no espelho. Estava com o olho vermelho e a maçã do rosto inchada. — Maldito animal.

Mas Rafael continuou a limpar o nariz com as mãos e depois limpou nas calças. Se preparou pra sair. Sempre fomos muito escandalosos, nós dois. Ele bateu a porta e saiu. Eu também queria sair, estava decidida, queria pegar minhas coisas e não ver mais ele. Sabe-se lá o que eu tinha na cabeça, acabei ficando.

E depois, com Leonel, eu tentei não brigar tanto. É que os gritos e as pancadas faziam mal a ele de verdade. Era uma coisa muito difícil de ver, afinal por que a gente tem que fazer os filhos passarem por isso? Eu continuava a irritar Rafael, pegamos ódio um do outro, mas, pelo menos quando Leonel estava acordado, o melhor era nem dizer nada. Em resumo, talvez seja isso o que chamam de fazer tudo pelos filhos, parar de se destruir um ao outro, não sei.

Porque, se no fundo o que eu queria era uma família, estava disposta a fazer a minha parte, se não desse certo, não seria por culpa minha. Olha aqui, você já armou a confusão, então agora é com você, como dizia ele. Eu tentava fazer da casa um lar, por isso, mesmo com medo de que as coisas fossem se complicar, mandei dizer às minhas primas que fossem me visitar, e uma delas foi mesmo, a que tinha duas meninas. Mas depois me arrependi de ter convidado, porque ela veio só para destilar veneno, só para ver que mexericos conseguia tirar de mim e disse até que eu estava ficando feia.

— Você tá ganhando barriga, dá pra ver seus braços de cozinheira de tamales e até sua cara tá inchada — ela me disse enquanto me mostrava os catálogos da Avon, porque, isso sim, ela não dava ponto sem nó. Fiz um muxoxo como que não dando importância. — É sério, você tá engordando demais.

Já melhor, joguei o catálogo nela e ficamos em silêncio. Leonel queria se aproximar da filha dela, mas no mesmo instante a minha prima pegou a menina pra ele não tocar nela.

— Mas ele não vai fazer nada com ela.

A minha prima apenas riu e começou a embalar a menina, como que querendo dizer que bem naquele momento era hora dela dormir.

— Até sujo o Leonel é mais bonito que a sua filha.

A minha prima voltou a rir sem mais nem menos, mas já aborrecida. Então ficou olhando pro meu filho como se estivesse inspecionando ele ou tentando encontrar alguma coisa que pudesse ajudar a gostar dele, mas Leonel soltou um peido atrás do outro e deu uma risadinha boba e depois disse seu "ore" de sempre e pude ver como ela me olhou com pena. Eu apenas limpei a carinha dele e disse ai, Leonel, já se cagou todo. Peguei ele no colo e levei pro banheiro. Antes de fechar a porta, disse pra minha prima que já que ela estava de saída, se poderia fechar bem a casa porque logo os cachorros dos vizinhos iam começar a entrar. E bati a porta. Troquei a roupa de Leonel, mas também fiquei um pouquinho ali, me fazendo de boba pra ela ir embora. Depois, sim, me olhei no espelho e vi que ela tinha razão, eu estava mesmo feia. E além de feia, fui tomada pelo desespero dos dias. Leonel passou a ser menos resistente comigo, mas também não é que fosse um poço de carinho; eu pedia pra ele por favor me dizer alguma coisa, pra ele olhar pra mim, pra me responder alguma coisa.

— Diz mamãe.

Mas ele só sustentava o olhar pra mim por alguns segundos e, pior, eu podia ver que ele tinha o olhar triste e que aqueles olhos redondos não eram pra mim, e me sentia muito mal. Mas assim que eu via como ele punha os dedinhos na boca e como a baba dele escorria e ele desatava a correr com uma risadinha tão inconfundível e bonita, já começava a pensar que não tinha importância que ele não me chamasse de mamãe e, sempre que podia, ia me sentar ao lado dele quando ele estava dormindo. Ele era lindo dormindo. Aos poucos passei a me resignar a esse tipo de beleza e também ao fato de que eu não ia ser mãe de ninguém, que ia ser apenas a cuidadora de todos os homens da minha vida.

É que cuidar também cansa, essa coisa de ficar à disposição de Leonel e suas necessidades, além das encomendas das clientes e, à noite, das exigências de Rafael. Eu nunca descansava e quase tudo me deixava de mau humor. Leonel, que jogava a comida em mim ou virava a cara quando eu queria dar de comer pra ele; as clientes, que diziam que tinham pedido de morango e não de chocolate, mesmo que no pedido elas tivessem assinado que queriam de chocolate, e não de morango; Rafael, que só sabia comer e não ajudava na casa, nem dava atenção pro Leonel. Tudo cansa.

— Você tem que beber água, seu desgraçado!

Eu gritava com ele à menor provocação, dava uns tapas nele de vez em quando, palmadas quase todas as vezes que cagava nas calças, e Leonel chorava e chorava e então eu sentia um nó no estômago e tomara que Deus estivesse vendo cada dia da minha vida e caísse numa maldita risada, porque de outra forma eu não entendia nada do que estava acontecendo. Nada estava indo bem.

Por isso inventei o aniversário de Leonel no chute. Peguei o calendário e, com os olhos fechados, escolhi o mês, caiu em janeiro. Depois o dia, primeiro de janeiro. E pensei que era ótimo que a gente começasse o ano festejando, e foi isso que disse pro Rafael, que lá pela época do Natal a gente tinha que começar a economizar para os presentes dos reis magos e também pro aniversário, e contei como ia ser o bolo que eu ia assar e disse como queria que nos quintais a gente pusesse balões e que eu ia fazer saquinhos com paletas de chocolate e que ele fosse falando com a família dele, que fossem se preparando e que viessem todos, porque já éramos uma família e era assim que deveria ser. Acho que logo de cara ele não disse nada, mas acho que me viu tão emocionada que falou que seja, mas que eu é que ia pagar tudo, que ele não tinha dinheiro, e eu disse que sim, que é pra isso que se trabalha, e que ele pensasse o que quisesse, mas a festa ia acontecer.

Lá pela época de Guadalupe-Reis[1], Rafael começou a não aparecer em casa, uma ou duas noites, especialmente nos fins de semana, quando voltou a ir pro bilhar e ficava bêbado. Depois veio com essa de que ia na peregrinação da santa e que eu deveria ir também, pra gente levar Leonel, que a gente tinha que agradecer pelas coisas, eu disse que não, que era muito arriscado andar com o menino entre tanta gente, não vá se perder, eu disse, e ele apenas sorriu. No fim, nem ele acabou indo, mas foi mesmo para as posadas, pura bebedeira, primeiro com o Porca, depois com o Ramón, depois com o Neto, depois com o Bombolocha.

— E por que você tem que ir em todas?

— Porque sim, ué.

— E por que você não leva a gente?

— Porque o retardado não deixa a gente ficar em paz.

— O retardado é seu filho, desgraçado.

— Não, é seu, e não enche o saco!

Ele me largava com a resposta presa na boca e ia embora e eu ficava com a raiva no estômago e via como todo mundo estava nas posadas e Leonel balbuciando não sei o quê e eu sozinha, sempre sozinha. Mas se eu não disse nada foi porque ele me prometeu que estaria mesmo na festa, que era sério. Mas logo na noite de Natal vi ele entrar no banho, pegar uma mochila com roupa e me dizer que ia ficar alguns dias na casa da mãe. E que ele vinha me buscar para o jantar de ano-novo. Que eu não gostava mesmo dessas festas e que as coisas com o irmão dele iam muito mal.

— Sabe como é que é, você já tem que dar conta de Leonel, melhor ficar aqui tranquila, eu passo pra te ver.

Primeiro pensei que era bom que se prontificasse e não quisesse que eu também fosse cuidar do irmão dele, que naquele tempo estava morrendo de câncer, acho que no pâncreas. Mas Rafael simplesmente não veio. Mandei um recado e ele mandou dizer que sim, que à festa, sim, ele ia, e que também a mãe e todos iam. Mas ele não veio. Me deixou com a casa cheia de balões, com Leonel vestidinho de marinheiro, com o bolo de dez quilos que eu tinha feito na noite anterior enquanto com certeza ele festejava o ano-novo com as gelatinas coloridas, as serpentinas penduradas no teto. Ficamos sozinhos, meu filho e eu. Leonel colocando os balões na boca, todo entretido, como se fosse feliz; eu enxugando as lágrimas, que escorriam sozinhas. Assim eu começava o ano, desejando que, naquela tarde, eu não tivesse tido o impulso de abrir a sombrinha vermelha e passear pelo parque como quem não quer nada e levar o menino mais bonito que já vi na vida.

55

SEGUNDA PARTE

Mulher, como você se chama? — Não sei.
Quando você nasceu, de onde você vem? — Não sei.
Para que cavou uma toca na terra? — Não sei.
Desde quando está aqui escondida? — Não sei.
Por que mordeu o meu dedo anular? — Não sei.
Não sabe que não vamos te fazer nenhum mal? — Não sei.
De que lado você está? — Não sei.
É a guerra, você tem que escolher. — Não sei.
Tua aldeia ainda existe? — Não sei.
Esses são teus filhos? — São.

Wisława Szymborska
Vietnã

Como três abutres espreitando sua presa prestes a morrer, a mãe de Fran, Nagore e eu, silenciosas, fizemos a vigília de Daniel na primeira noite dele na casa branca de Utrera. Com o sobe e desce de sua diminuta barriga, constatamos que respirava. Amara, teria se chamado Amara se tivesse nascido menina, não é?, sussurrou a avó, como se fizesse questão de que a escutássemos, mas em voz baixa o bastante para que ela pudesse dizer que, na verdade, não disse isso, só estava pensando. Amara, como minha mãe?, perguntou Nagore. Apertei os lábios em um gesto confuso, que parecia assentir, mas que ao mesmo tempo também me eximia de responsabilidade. A mãe de Fran pôs a mão no meu braço e me disse para eu ir descansar. Obedeci. Ele já vai chorar, me disse, e fui para o canto do quarto onde estava a cama e me deitei. Sentia meus ossos doerem. As cólicas vinham a todo momento e eu me sentia desconfortável. Nagore apagou a luz e foi dormir no seu quarto. A avó, pelo contrário, ficou absorta observando meu filho. Ela nos venceu, pensei. Se meu filho fosse um pedaço de carne prestes a ser devorado, seria sua avó quem o comeria.

Pus a cara no travesseiro frio e fechei os olhos sabendo que não ia dormir. E não dormi, Daniel chorou cinco ou sete vezes, eu lhe oferecia o peito e ele não sugava, eu o apertava contra mim e o erguia nos braços para movimentá-lo para a esquerda, para a direita, para cima, para baixo, com o desespero de quem não pode dizer em voz alta: Cale a boca, me deixe dormir.

Daniel chorava como o homem que sabia que podia comer, dormir e chorar na hora que quisesse, porque nós, mulheres, embora cansadas e sonolentas, estaríamos a seus pés. No fim das contas, a verdade era que Daniel se transformava na ave de rapina que devorava nosso tempo e nos deixava destilar a putrefação emanada quando o ser humano se desfaz diante do cansaço, para, em seguida, outra vez, voltar a nos comer.

Havia certo asseio na forma de vestir, de andar e de ser de Fran que me deixava desesperada. Queria decifrá-lo para poder maculá-lo. Inventar um defeito para ele. Rasgá-lo a partir de uma aresta ou de uma borda que saísse da sua pele. Desfiá-lo, amassá-lo, fazer nele um buraco quase imperceptível por onde lhe saísse o pus que eu supunha que ele guardava. Algo mau Fran tinha que ter. Não foi fácil. Sim, sim, fique tranquila, tudo vai passar, ele me dizia, e ligava a televisão e interrompíamos a conversa. Sim, sim, tudo se resolverá, e começamos a nos tocar. Ele a me tocar. Nós, mulheres, costumamos achar que há muita liberdade por aí e não percebemos que é fácil criar uma prisão própria. Deixamos de migrar para a rota estabelecida. Saímos da primeira jaula familiar e nos atrapalhamos, damos passos em falso, batemos as asas desajeitadamente e passamos a ver ninhos de amor em todo canto. Nós mesmas vamos logo gritando: Me ponha na jaula, vamos, vamos, me ponha na jaula! Foi o que fiz quando parei de tomar o anticoncepcional e sussurrei no ouvido do asseado Fran: Me lambuze, me suje por dentro, entre duro, sim, assim, me deixe toda cheia de você, me suje, isso...! Mas ele permaneceu asseado. Imune, como o rascunho de uma estátua que jamais foi realizada, mas com os matizes dessas linhas que servem de base para novos desenhos. Asseado e íntegro, responsável, impenetrável, incapaz de dizer não ao que é correto. Não se passaram nem dois meses depois das condutas sexuais incorretas para que eu ficasse grávida.

A primeira vez que os vi, pareciam pessoas normais, que interrompem uma conversa qualquer ao ouvir uma porta se abrir; os pais de Fran, assim, quase nos dando as costas, podiam ter sido um casal que discute a lista de compras da semana. Depois de duas escalas e quatro brigas internacionais, chegamos a Utrera antes que o corpo de Amara estivesse em terras andaluzas. Nagore estava no pátio, brincando com um carrinho de madeira, que tempos depois Daniel teria entre seus brinquedos. Fran deixou as malas e foi abraçar a mãe. Já de perto, vimos que seu pai estava bebendo. Ele não se levantou. Dava para ver como lhe pesava o corpo. Tampouco sorriu, nem pensou em abraçar o filho, apenas uma palmadinha nas costas. A mãe foi buscar uma jarra e copos com água. Silêncio. Fiquei parada quase na entrada, enquanto olhava fixamente para Fran, que, minutos depois, veio até mim, me apresentou e disse que íamos dormir um pouco. Seus pais me olharam sem interesse. Assentiram e então passamos pelo pátio central para subir aos aposentos.

Esta foi a primeira vez que Nagore e eu trocamos olhares. É uma boa menina, disse Fran com tristeza. Eu escutei "menina" e notei um cheiro fétido, como se a palavra tivesse vida própria; então me virei para o vaso de planta cercado de sol e vomitei nele. Sei hoje, com certa distância, que parecia que eu vomitava Nagore, em uma espécie de premonição. Assim foi como soubemos que eu estava grávida, mas confirmamos isso depois.

Vai te dar engulho!, me disse a mãe de Fran quando me viu aparecer no terraço da casa branca. Em seguida, já com a voz mais pausada, prosseguiu: Antes este comércio de chineses também era uma casa, antes saíamos por esta rua que dá na praça e corríamos para ouvir o eco dos nossos pés. Não sei o que é engulho, respondi. A viagem te fez mal? Você deveria entrar, está fazendo muito calor. Assenti. Todos os dias às cinco da tarde você vai ouvir crianças andando por esta rua, nunca entendi por que, o colégio fica longe, entende o que digo? Fica longe para se escutar daqui, mas se escuta. Sabem a que horas começará o velório?, perguntei. E ela, como se fosse um limão espremido, franziu o cenho — igual a Fran, era o gesto de Fran — e disse não com a cabeça. Já deve estar chegando; onde está Nagore?, perguntou, espantando com as mãos a iminente chegada do cadáver da sua filha, como se houvesse moscas no ar, que se afugentam com desdém. E saiu. Por fim bateram as cinco horas e as crianças começaram a correr pela rua fazendo um eco que anunciava vida, o oposto de Nagore, que andava em silêncio, e era difícil encontrá-la sem ser por meio de um grito que retumbasse seu nome por toda a casa.

Sabia que os pássaros, quando voam, muitas vezes se chocam contra os arranha-céus? Onde ficam os corpos, quem os recolhe?, perguntou Nagore a Fran. Eu não sabia disso, Nagore, que interessante. Sim, mas eles não veem os edifícios?, será que voam com os olhos fechados? Acho que não, me parece que eles vão a uma velocidade tal que não conseguem parar. Sim, mas quem recolhe eles?, alguém tem que recolher. (Enquanto eu os escutava, ia me dando um enjoo). Quem recolhe eles são as pessoas que fazem a limpeza das ruas. Com sacos pretos, com a polícia em casa? Fran e eu nos olhamos. Não, com sacos sim, mas com polícia não, é uma coisa mais discreta. Com sacos, eles põem os corpos em sacos? Pus a mão na boca, porque o enjoo estava me pegando de jeito. Sim, em sacos. E choram, os pássaros choram quando veem seus amigos se chocarem contra os arranha-céus? Sim, choram, respondeu Fran. Eles não deveriam voar alto, deveriam viver para sempre. (Eu quis passar a mão nos seus cabelos louros despenteados, mas me virei para o outro lado para vomitar de novo, como se Daniel, desde que era um feto, se interpusesse para que Nagore e eu não conseguíssemos nos aproximar.)

É que não sei se não estou grávida, expliquei a Fran diante da sua insistência para saber se eu estava bem. Fran, desconcertado, fez cara de limão espremido. Não saberei até voltarmos para casa. A expressão dele me deu azia, engoli seco. Pode ser que não seja nada, eu disse, me desculpando. Ele estava se controlando quando apertou os lábios para não dizer nada. Agora tenho que resolver a questão da minha irmã, estava pensando que você podia voltar sem mim. Eu também franzi o cenho: dois limões ácidos, de pele áspera e dura exercitando o comedimento diante da morte, que, suspensa sobre nós, se impunha como o assunto mais importante.

Eles acham que, porque têm dinheiro, podem tudo. Foi o que disse a mãe ao entrar no quarto, que, apesar de estar na casa branca e ensolarada de Utrera, era escuro e fresco, como se guardasse nesse frescor o que não se podia ventilar pelas ruas: a família, as vozes, a vida.

Eles acham que, porque têm dinheiro, vão ficar impunes. Fran pôs a mão sobre seu ombro. Ficamos sabendo que Xavi, marido de Amara, poderia aguardar o processo em liberdade. A mãe de Fran tinha medo de que ele fugisse. Nem sequer pudemos estar na cerimônia que os vizinhos fizeram para ela. Puseram velas na porta, cercaram o edifício com um cordão. Três moças fizeram isso. Dizem que saiu nos jornais, aqui nada, procurei em La Uno, em La Sexta; ninguém falou da minha filha. Fran pedia que ela se acalmasse, como se a mãe pudesse apertar um botão do pânico capaz de derramar calma sobre ela; no entanto, a mãe, em vez de se calar, me olhava inquisitiva diante da minha falta de empatia: Lá também matam? Fran apertou seu ombro, dizendo já chega, mas perder a lucidez a fazia se sentir viva, humana de verdade. Ele a retirou do quarto. Respirei fundo. Eu tinha um feto no ventre, estava tão certa disso como de que não queria mais continuar ali. Pensei em abortar, pensei mesmo, por isso é que, se alguém tinha culpa do que aconteceu depois, era eu, porque decidi ignorar esse pensamento que poderia ter salvo todos nós. Eu o ignorei, ignorei. Nossa história podia ter sido outra.

Caminhe. Saia para caminhar. Não caminhe tanto. Você mal consegue caminhar. Daniel crescia devagar, mas me invadia toda. Eu passava as mãos no rosto a todo momento, estava desesperada para que Daniel nascesse. Como você está?, me perguntavam, e eu dizia que muito mal. Gravidez de alto risco? Toda gravidez é de alto risco, eu respondia para justificar a indisposição que todos minimizavam: risco de se matar porque já não dá mais para aguentar, risco de matar Fran por disfarçar as minhas queixas físicas com afagos cafonas de um futuro melhor, risco de tirar Daniel com as mãos, com uma faca ou um gancho e morrer de culpa e tristeza.

Eu tomava suco de laranja de manhã; na maior parte das vezes, muito antes que pudesse chegar ao esôfago, eu vomitava. Quem foi que disse que a gravidez é a melhor época da vida de uma mulher? Você é que quis ficar grávida, Fran me dizia, embora logo me beijasse e me dissesse que era brincadeira, que engraçado, mas para mim estava tudo dito aí, embora ele desmentisse. Maldito seja o sêmen com gosto de metal ácido que conseguiu fazer seu trabalho.

Nagore era a única que não se espantava com os meus humores e me abraçava, me passava o guardanapo, me dava biscoitos que ela mesma assava, como sua mãe tinha ensinado.

Caminhe, saia para caminhar, vai fazer bem ao bebê. E o que faz bem a mim? Não me importava a tristeza de Fran e da sua família. Eu lutava com meu próprio inferno, infantil, sem graça, vão, mas era o meu inferno. Não se pode ser humano se outro organismo suga a sua vitalidade. Também não dá para ser humano se você carrega os fantasmas que não são seus. Isso se chama individualidade. Não conseguíamos voltar ao México, pois levar Nagore junto implicava uma cessão de direitos pelos quais Fran brigou até a última gota com a família de Xavi, em Barcelona. Daniel nasceu em Barcelona.

Certa vez, uma atriz de Hollywood foi a público pedir ajuda porque estavam matando as mulheres no seu país, me contou a mãe de Fran. Sim, respondi. E prenderam todos? Não, não prenderam. Não se fez justiça? Para um assassinato não existe justiça, eu disse. Xavi estará na cadeia para sempre, ela disse a si mesma, angustiada com a possibilidade de que isso não fosse verdade, como uma sentença que ainda não se realizou, mas que ela ditava para que o mundo a ouvisse. Nagore, em silêncio, nos olhava. A senhora também está numa prisão, eu disse. Você também!, gritou Nagore defendendo a avó. Eu também, concordei. Daniel começou a chorar e eu, derrotada por minha própria afirmação, acudi para lhe dar o peito, que pesava e doía e me dava febre, mas todos me diziam que era assim mesmo, que isso também ia passar, porque não era uma prisão, embora claramente fosse, sim. O que me fez dizer isso à mãe de Fran? Uma clareza, uma clareza que se tornou opaca com o passar do tempo.

As dobras na pele que se formavam no rosto da mãe de Fran de repente se triplicaram ao sol. Eu as vi quando fomos à padaria, pois seu marido por fim queria comer alguma coisa. O tique no olho esquerdo reforçava a imagem de uma mulher idosa que, por trás das rugas e dos lábios finos, quase imperceptíveis, ocultava uma dor da qual eu não entendia nada. Algum dia ela foi feliz ou será que só agora que Amara morreu é que ela sabe que desperdiçou a vida? Pensei em perguntar. Me deu uma sacola com pão para que ela pudesse carregar uma bandeja repleta de doces finos. Eu quis sorrir. Nagore vai gostar dos chocolates, ela disse, enquanto sorria para mim. No entanto, seu rosto, longe de se suavizar, se tornou grotesco, como quando um macaco mostra a dentadura e nós, humanos, pensamos que ele ri, quando na verdade está morrendo de medo. A filha dela morreu, pensei, e achei que ela estava exagerando, que lhe restava um filho, um marido, uma neta e um futuro bebê que, apesar da distância, teria que enchê-la de alegria. Voltamos para casa num passo que não fazia eco na rua entre a casa branca e a loja dos chineses. A mãe de Fran mal era uma sombra lenta que se arrastava pelo chão, e eu, soube anos depois, eu era o seu reflexo.

Descobri logo que Daniel não queria habitar meu corpo. Tudo com Daniel era uma contradição: não querer ter filhos, mas procurar engravidar. Não querer estar grávida, mas procurar nas atitudes de Fran sua aprovação. (Tudo vai ficar bem mesmo? Você quer mesmo este bebê?) Não querer estar grávida, mas me assustar com a primeira mancha de sangue que apareceu na minha calcinha. Fran, vou perder o bebê. (Oh, premonição). Mas nunca houve qualquer sinal de aborto, longe disso. Só me obrigaram a não me mexer muito, a ser boa mãe, a cuidar de mim. Foi aí que decidimos (Fran decidiu) ficar na Espanha, e foi aí que Fran tomou para si, com mais convicção, a tarefa de cuidar dos trâmites para obter a permissão de tirar Nagore do país. Nós três fomos para Barcelona e, de certa forma, respiramos aliviados por já não ter que ver os velhos sendo velhos e fúnebres.

Até Nagore ficou emocionada. Voltaria para casa. Nada mais distante da realidade. Era o ponto sem volta.

O que é um lar e do que ele é feito? Em que ponto começamos a ser pais e filhos? Foi quando Nagore apoiou a cabeça no meu corpo e abraçou o meu ventre, que respondia com pequenos chutes como se quisesse abrir uma porta, ou foi quando Daniel saiu de mim com tão pouco ímpeto que tiveram que lhe dar oxigênio artificial e eu não pude pegá-lo nos meus braços por uma semana? Em que ponto começa o lar e do que ele é feito?

Nos papéis finos e escritos pela máquina de escrever obsoleta do relatório judicial, soubemos que Xavi matou Amara em uma briga que tinha durado cinco anos, dos doze de casamento. Lemos que ele a puxou pelos cabelos, a insultou, a arremessou contra a parede. Supusemos que Nagore acordou e prendeu a respiração, que abriu bem os olhos e não piscou, com medo de que seus cílios fizessem barulho. Xavi voltou a arremessar Amara na parede. Amara gritou algo ininteligível. Xavi continuou atacando, mas Nagore só ouviu ruídos junto com o som de vozes e movimentos bruscos, não sabia se vinham dos seus corpos ou de outros objetos que podiam estar caindo no chão. Grudou a pequena orelha na parede. Sua mãe estava chorando, disso tinha certeza. Nagore contou depois que não sabia se devia chamar a polícia e que também queria chorar, mas tinha medo de que seu pai a escutasse e também pudesse bater nela. Amara lançou um grito agudo, que retumbou nos ouvidos da filha, porque depois disso ela não voltou a ouvir mais nada, ao menos por um tempo. Em seguida Nagore grudou mais a cabeça na parede, como se fosse atravessá-la. Nada. Não sabia por que, mas um grito assim, terminado secamente, não era normal. Tremeu. Decidiu sair da cama e procurar a mãe. Foi na pontinha dos pés. Ou foi isso que disse que fez, ou isso foi o que lemos. Disse que estava prestes a abrir a porta quando escutou o pai indo para a sala, e que depois, segundo a declaração dele mesmo, foi para a cozinha. Em seguida Nagore se assomou, esperando que a escuridão a protegesse da visão do pai, que, aturdido, abriu a torneira da pia, caminhou, voltou, foi até a sala, apareceu na janela. Silêncio. Cadê a mamãe?, perguntou a filha, segundo declaração dos dois. Xavi se virou para olhá-la e não disse nada. Abaixou a cabeça por um segundo e depois foi abraçá-la. Nagore hesitou em se deixar abraçar e Xavi, vendo que Nagore sabia, retrocedeu. Ele voltou à sala, pegou o telefone e chamou a polícia. Disse que sua esposa tinha morrido. Nagore, entendendo que já sabia disso, sentiu uma pontada no estômago, nem sequer teve coragem de ir verificar se era verdade. Xavi começou a chorar e então, como se o choro fosse o detonador do que aconteceria depois, foi quando Nagore entendeu que tudo tinha mudado para sempre e correu, procurando o corpo da mãe, que estava jogado no chão de bruços, como se estivesse apenas dormindo. Nagore não indagou, não perguntou, aproximou-se do pé esquerdo e frio da sua mãe e o beijou, para depois começar a chorar baixinho, para não acordá-la enquanto a abraçava, e a beijou repetidas vezes, como se soubesse que não ia voltar a vê-la nunca mais. Sim, ela sabia disso, mas não conseguia dizer em voz alta. Um tempo depois chegou a polícia, a tiraram de perto da mãe e a cobriram com uma manta. Um policial lhe estendeu a mão e a retirou do quarto, depois da sala, onde Xavi continuava sério, como se quisesse deter seu destino, ou se preparando para ele. O policial entregou Nagore à enfermeira que chegou com a ambulância. Nagore se virou e olhou o pai para não vê-lo nunca mais.

Tudo isso ela mesma contou, em uma espécie de memória fotográfica, quando um dos policiais perguntou o que tinha acontecido, e nós lemos depois no relatório. Fran não fraquejou, nem sequer quando parecia que estava prestes a isso. Me pediu apenas que, se fosse possível, não contasse para a sua mãe, não havia necessidade de que ela soubesse. Eu obedeci e também me calei. Acho que foi a primeira vez que olhei Nagore com respeito — aquilo era muito pesado para sua idade. Nunca tive sua força, nem mesmo nos momentos fáceis.

Às vezes Fran me dizia, como se fosse uma maldição que lhe atravessava o corpo, que Nagore tinha o jeito de Xavi, que trazia muito pouco de Amara nela. É que o tempo às vezes nos dá razão.

Com Daniel na barriga protuberante, esfregando as pernas uma na outra, porque tinham mais gordura que de costume, e o clima úmido e irrespirável de Barcelona, eu às vezes sentia inveja da morte de Amara. Não só porque ela não tinha mais que se responsabilizar por si mesma, mas também porque sua morte, de um dia para o outro, a tinha tornado santa: tudo o que ela fizera era perfeito, tão boa, tão carinhosa, tão a melhor mãe; e eu, sufocada, sem poder andar ereta e firme, sem conseguir enxergar minha virilha, sem deixar de ser lenta em cada passo, eu já era um fracasso como mãe.

Talvez Fran tenha aceitado se derramar em mim porque uma parte dele — a glande, o escroto, os testículos — acreditava que não era capaz de mantê-lo dentro. Tão desleixada comigo mesma, tão sem rumo, tanto redemoinho para pouco vento, era possível que eu parecesse não ser capaz de ser matéria fértil, nem servisse para o trabalho materno.

Quanto engano, bastava olhar ao redor para saber que se existe uma coisa fácil nesta vida é engravidar ou ser engravidada. E o que eram aqueles arrependimentos e aquela inveja que Amara me causava? Ela não tinha que se responsabilizar pela tristeza que deixou quando não quis sair daquele quarto de casal antes que fosse tarde demais, nem por Nagore, nem por Daniel... Ela será recordada como vítima; eu, como algoz.

Tinha pena de mim mesma, me jogava no travesseiro resmungando contra a minha sorte em uma casa sem janelas por causa de vá saber que ideia arquitetônica. O calor e a umidade me asfixiavam e, quando ninguém estava me vendo, eu dava tapinhas em Daniel, que, do lado de dentro, toda hora me chutava. Era uma batalha campal da qual eu sempre saía perdendo. Nagore fazia barulho perto da única janela daquele edifício escuro no qual passamos o verão antes de voltarmos ao México; várias vezes eu a escutei falando em catalão com seu boneco, quando achava que ninguém estava escutando. Enquanto isso, Fran saía para enfrentar a burocracia como quem fareja, sussurra, examina um mundo que lhe é proibido habitar. Tínhamos problemas tão supérfluos que éramos imperceptíveis, até mesmo uns em relação aos outros. Já nesse momento tínhamos que ter concluído que nos regozijar em nossa miséria podia ter como consequência nos tornar miseráveis diante do mundo, porque por dentro já éramos.

Estava com a cintura arruinada, os coágulos arranhando as paredes do meu útero e parecendo ter areia nos olhos por não dormir: os primeiros dias com Daniel na minha vida, em vez de uma felicidade, eram um suplício represado. Cale a boca, eu lhe dizia num silêncio amordaçado entre os olhos, por medo de que alguém escutasse o desgosto que me causava ouvi-lo chorar por não saber sobreviver sozinho no mundo. Se na triste, pedregosa e embolorada gravidez que eu tinha vivido já me arrependia de ter útero e hormônios e instinto maternal, na maternidade em si, cada choro de Daniel feria meus ouvidos para comprová-lo.

Eu estava sozinha, sem laços próximos que pudessem me amarrar à segurança de poder errar. Daniel me causava um incômodo com o qual eu não conseguia lidar. Eu o tomava em meus braços e, no shhh shhh com o qual acalmava a mim mesma, lhe obrigava a sugar do meu mamilo, não para que se alimentasse, mas para mantê-lo ocupado e para que parasse de exasperar meu sistema nervoso com seu choro perfurante. A lactância é o reflexo das mães que querem afogar os filhos diante da impossibilidade de poder comê-los. Oferecemos o peito a eles não só por instinto, mas também pelo desejo obliterado de acabar com a descendência antes que seja tarde demais. De todo modo, um erro crasso.

Não vimos o corpo de Amara até o velório, mas nem assim pudemos ficar perto. Ele foi levado a uma espécie de sala separada de todos e só atrás de um vidro é que podíamos ver o caixão. Era como uma vitrine com um manequim. Amara era o manequim. Tudo estava calmo, até que chegou a família de Xavi, de repente houve um vaivém, saídas ao corredor, sussurros. A mãe de Fran, compacta ao lado da vitrine, ficou imóvel como se protegesse o corpo de Amara de um novo assassinato. Em seguida, vários gritos e, do outro lado, uma mãe com vergonha do seu filho bradou: Eu também a amava! Nagore também é minha neta, eu não criei um assassino! Mas é de conhecimento geral que uma mãe é responsável pelo ser que alimentou em suas entranhas. (O que de bom pode vir de um ser vivo que se alimenta de outro para sua sobrevivência?) Eu também perdi a sua filha!, gritou a mãe de Xavi para a mãe de Fran, por favor, me perdoe! Mas a mãe de Fran, que não desgrudava do seu lugar e apertava os dedos contra os próprios dedos, dizia que não, não, não...

Uma mãe tem culpa pelo filho assassino, a outra, pela filha morta, e o único grito que conseguiu acalmar a culpa para depois alimentá-la de novo foi o de Nagore: Quero a minha mãe! E ambas as avós, culpadas por todos os prantos emitidos naquela sala e pelo manequim que era Amara e que, de certa forma, nos representava, nós, todas mortas em algum momento da nossa vida, choraram sufocando-se por dentro.

Em compensação, os homens da família foram aos poucos as ignorando, pois seus golpes, seus empurrões, seus gritos no estacionamento e seus passos apressados para ligarem os motores e irem embora depois da barbaridade que tinham deixado pelo caminho produziram mais barulho que as lágrimas. Todos os homens juntos são mais barulhentos e estrondosos que todas as mulheres e suas lágrimas.

Xavi e suas mãos assassinas, Fran e sua mania de continuar bem porque é preciso estar bem, embora estivesse ali a irmã morta e o pai que se sentia muito velho para brigar, mas forte o suficiente para puxar Nagore para si e não deixar que a avó paterna se despedisse dela. Todos, todos, sem exceção, tagarelavam e ouviam a si mesmos, enquanto nós, mulheres, nos olhávamos confusas e impávidas, porque isso era o que tínhamos que fazer: sermos as casas vazias para abrigar a vida ou a morte, mas, no fim das contas, vazias.

Abri as pernas e me sentei no vaso sanitário. Esvaziei a bexiga e, enquanto urinava, os quadris, que continuavam sendo duas partes fragmentadas pelo corpo de Daniel, emitiram um rangido seco; depois, uma bolota escorregadia começava a sair do meu útero para cair na água estancada; era sangue. Depois, fios de sangue se entrelaçaram na borda dos meus lábios vaginais. Em seguida, outra bolota e, nesse instante, o importuno choro de Daniel ao longe. Tentei me levantar, mas não consegui. Daniel chorava, e então Nagore bateu na porta, avisando que Daniel estava chorando. E onde está Fran? Saiu, me disse Nagore. Pego no colo para ele se acalmar? Não, espere, já estou indo. Mas mentira, não fui, os fios nesse momento já eram uma teia que cobria a superfície. Passou-se cerca de uma hora até eu conseguir me recompor, mas parecia que a vida inteira de Daniel estava acontecendo enquanto eu continuava ali.

Já na cama, quando consegui me acomodar, horas depois, Fran foi me ver e imediatamente abri os olhos; antes de me perguntar se eu estava bem, me trouxe Daniel para que eu o amamentasse. Você tem que se cuidar, o bebê precisa de você. Assenti, mas desviei o olhar. Nagore tomava a minha mão, suponho que se agarrava a mim por medo de ficar sozinha. Você tem que aprender a se cuidar, eu disse. Sim, não vou ser como a minha mãe, vou viver. Seus lábios finos se encheram de verdade. Nesse momento, Nagore e Daniel eram a promessa de que se pode sobreviver aos agravos maternos.

Também acho que Fran não me jogava na cara a ausência de Daniel porque nunca o incorporou em sua vida. Sei disso agora e sempre soube: o instinto de sobrevivência é mais traiçoeiro que a ira; eu, por exemplo, devia honrar o puerpério da minha mãe e desaparecer antes de que qualquer um pudesse me dar um nome. É preciso ter coragem suficiente para matar e se matar e assim desafiar o instinto.

— Meus pais são de Ermua. O ETA sequestrou um vereador muito jovem do Partido Popular que se chamava Miguel Ángel Blanco, anote. Deram quarenta e oito horas para mandarem todos os etarras presos de volta ao País Basco; do contrário, o matariam. O país inteiro paralisou. Na televisão, apareciam os lenços azuis, que eram um símbolo para pedir sua libertação, muitos saíram para se unir. Você não sabe, mas todos nós ficamos comovidos porque o mataram. Muitos de nós perceberam o que o ETA ia fazer. Eram covardes, matavam por matar. Surgiram na ditadura, você sabe, estes são os ideais que o assassino da minha filha defendia, bem independente, bem seja lá o que for, mas bem assassino. E vem você me dizer o que são os movimentos de independência só porque se juntou com uma mexicana e está nesta cidade? Estamos aqui porque você vai levar a minha neta, do mesmo jeito que levaram a minha filha, e ainda assim compartilho a mesa com você — disse o pai de Fran, apontando para ele com o garfo.

Mas Fran pouco se importava com os movimentos de independência ou com as revoluções malfeitas contra as quais brigava o pai, que, diante do vazio que tinha que enfrentar todos os dias, vociferava contra todo mundo.

— Eu sinto falta do meu pai, mesmo que vocês chamem ele de assassino.

— Claro que você sente falta dele — disse a mãe de Fran enquanto tentava acariciar os cabelos de Nagore.

— Jo parlo en català perquè no m'entenguis, això també m'ho va ensenyar el meu papà, sempre va dir que vosaltres no entenieu res — disse ela, recusando o abraço, e continuou comendo enquanto bufava pelo nariz com os olhos fixos no prato. Ninguém disse nada. Eram as palavras de uma menina, nada mais, mas eu passei a mão no seu braço e sorri para ela. Foi a primeira vez que a toquei e que a levei para dormir no seu quarto, e a primeira ocasião em que ela cantou uma canção de ninar para Daniel, e Daniel adormeceu. Aquela vez senti muito amor pelos dois, inclusive por mim.

Depois do nascimento de Daniel, me senti cega e imobilizada, como que dando golpes para a frente para não cair, me apoiando nas paredes para me segurar diante do mundo, tateando, sem rumo. Mas também havia vezes em que, no cheiro de leite azedo que se acumulava no pescoço de Daniel e na inocência fendida de Nagore, eu sentia que as coisas iam ficar bem. Chamo também isso de instinto de sobrevivência, e fico achando que é uma sacanagem.

Vá parir seu filho no seu país, gritaram para mim uma vez em que eu caminhava por uma rua de Girona. Eu os ignorei e continuei andando em frente. Nagore apertou mais a minha mão. No els facis cas, jo t'estimo, ela me disse. Como? Não dê bola para eles, eu te amo. Não, Nagore, não dê bola para eles você. Essas pessoas são bobas. Sim, respondeu ela, como se o fato de eu insultá-las fosse uma atitude que a divertisse. Existe gente boba, boba, boba, eu disse, rindo também. Sim, muito boba. Existe gente muito boba, muito boba, boba, boba, boba, boba. Ela repetia alegre, como se ao dizer boba estivesse maldizendo tudo o que estava acontecendo com ela. Boba, boba, gente boba, boba!, e ria, travessa. Foi libertador para ela.

Achei que eu estava pronta para educá-la.

Quinze horas antes de Daniel nascer, comecei a sentir como seu corpo se preparava para se desprender de mim: uma espécie de vibração que começava na lombar para se concentrar no osso ilíaco. Não teve nada de romântico nisso. Daniel, o epicentro, e eu, a consequência. Tremores, calafrios e Fran me dizendo que eu estava indo bem. Quinze horas de um desejo de que acabasse tudo e que não começasse a etapa seguinte. Sempre tive medo de Daniel. É preciso ser muito alienada para não ter medo de uma vida nova. Ele saiu de dentro das minhas dobras em silêncio. Fran e eu vimos como levavam nosso filho sem que tivéssemos podido ver seu rosto. Devíamos intuir que ele nunca seria nosso por inteiro.

Daniel nasceu às nove da manhã de um 26 de fevereiro. Daniel não tinha nascido para nos fazer felizes.

E se eu despertasse nas pessoas o medo,
ou só aversão,
ou só pena?

Se eu não tivesse nascido
na tribo adequada
e diante de mim se fechassem os caminhos?

A sorte até agora
me tem sido favorável.

Wisława Szymborska
Fragmento de *Entre muitos*

Quando abri os olhos, vi que estava na casa da minha mãe e comecei a chorar. Me senti muito mal. O que eu estava fazendo na casa dela e não na minha? Foi aí que percebi que Rafael era mesmo um filho da puta. Por que ele não estava, por que me deixou ali com minha mãe? Eu soube que estava grávida quando quase não parava de sangrar. Primeiro, tudo normal, mas em menos de duas horas eu parecia um regador. Então desconfiei que não era normal e fui perguntar à moça da farmácia se tinha algum comprimido para parar a sangueira, mas ela me disse que não, que isso não era normal, se eu estava grávida. Não, como é que vou estar grávida, pensei, mas enquanto eu respondia o sangue começou a escorrer entre as minhas pernas, então a moça da farmácia se assustou e chamou o doutor, mas o doutor só passou as mãos pela cabeça e disse para me levarem rápido a um hospital e alguém parou um táxi e eu comecei a gritar para a moça pra ela avisar Rafael, sabe quem é? O da esquina, o que sempre fica bebendo ao lado da barraca de tacos, sabe quem é? Mas eu já estava meio zonza, meio assustada e nem vi se ela disse que sim ou que não. Entrei no táxi e só sei que o motorista me disse para eu usar um saco plástico meio rasgado que tinha ali, porque ia sujar o banco e assim ele não ia mais poder trabalhar, eu disse que sim, que me desculpasse, e começaram a me escorrer as lágrimas porque eu não sabia o que ia acontecer e me perguntava será que eu estava grávida e não percebi? Mas como pode ser possível?

No hospital me disseram pra eu esperar um tiquinho, apesar de eu já estar com a saia bem molhada, além dos pés e dos sapatos, então fui me sentar no chão da sala de emergência, onde tinha que esperar a minha vez e depois, vá saber como, eu já estava em uma maca, com soro nas veias, ao lado de outras mulheres. Sabe o que eu tenho?, eu disse à do lado, mas ela fez uma cara de não fala comigo e então eu disse pois então, e fiquei esperando o doutor, mas o doutor nunca chegou, o que sobrou mesmo foi ver uma enfermeira que passou pra conferir o soro e me disse que quando chegasse a outra enfermeira do outro plantão eu devia lembrar ela que eu já estava com o cetorolaco, e eu disse que sim, mas também disse mas o que eu tenho?, e ela só me olhou esquisito, como se eu soubesse e estivesse me fazendo de burra.

Eu já tinha percebido que Rafael começou a gozar dentro de mim quando fazíamos enquanto eu estava menstruada, porque assim não dava pra engravidar, por isso nunca pensei que alguma vez eu pudesse estar grávida. Mas eu sabia que ele estava louco, porque me tirou pra valer do sério quando me disse que gostava do cheiro do meu sangue, que ficava excitado. Eu falava mas esse cara tá louco, e mesmo assim eu deixava, porque a gente fazia bem gostoso, ele entrava e saía com uma facilidade que me fazia gritar rápido e então se jogava do meu lado e o sangue que ficava na virilha e nas mãos dele endurecia, ficava seco, e alguma coisa nisso me excitava e eu começava a tocar ele de novo e a gente fazia de novo e ele me dizia que queria me rasgar em duas e eu dizia me rasga, e só de pensar que ele podia ser mais e mais safado eu gritava e me pendurava nele, mas depois, já meio dormindo, entre sonhos, quando tudo tinha acabado, eu sabia, sabia que ele fazia aquilo para eu parar de encher o saco dele por não gozar dentro de mim.

Outras vezes ele tirava quando já estava a ponto de acabar e gozava no meu peito ou na minha virilha e eu não gostava disso. Sentia que me desvalorizava. Mas ele me deixava continuar e eu tentava provocar, porque torcia para que um, um só espermatozoide fosse inteligente e me engravidasse... E me engravidou, mas eu não sabia disso até que a doutora do plantão das seis da manhã me disse que era bom que eu não tivesse provocado o aborto, porque podiam me pôr na cadeia, e eu não sei que cara devo ter feito que ela percebeu que eu nem sabia que estava daquele jeito, então ela apenas pôs a mão no meu braço e me deu uma palmadinha e foi embora. E eu chorava por tudo, porque não era possível que eu não tivesse percebido, mas também porque sentia que a gente podia, sim, ter salvo ele, porque a sangueira começou desde cedo, pela tarde, no dia anterior; eu disse pro Rafael sair de cima de mim, que tinha manchado o lençol, que estava esquisito, que estava sangrando muito, e ele disse pra eu não exagerar, que era assim às vezes, que até parecia nova, e dormiu; mas inclusive antes dele sair pra trabalhar eu disse pra me trazer hortelã do mercado, porque estava com muita dor mesmo e queria beber algo quentinho e ele me disse que sim, que faria isso, mas então ele começou a se atrasar e disse que só à noite. Nem pra uma porcaria de chá, eu disse, e ele me respondeu que era impressionante como eu gostava de encher o saco, que era melhor ele ir embora. E foi.

No hospital ficaram me picando os braços, dizendo que eu tinha as veias muito finas, e as enfermeiras falavam entre elas como se eu não existisse e diziam que perda de tempo com a gente, as que abrem as pernas e depois chegam com um ops! tô grávida, e que aí era lágrima pra todos os lados, mas que a maioria de nós fazia de propósito, que a gente era assassina, porque era assim como chamavam as que abortavam, assassinas, e eu queria dizer pra pararem de falar isso se não sabiam a verdade, mas aí achei que elas iam continuar machucando meu braço, então melhor ficar quieta. Mas nos dois dias que fiquei no hospital era desse jeito, diziam essas coisas na minha cara, essas molecas sem nada na cabeça e com fogo na bacorinha, que a gente não sabia nem limpar a bunda, mas lá íamos todas fogosas, e eu pensava em Rafael, que bem tranquilo em casa não tinha que ouvir essa estupidez toda. Por isso quando acordei na casa da minha mãe e ela me disse que Rafael tinha pedido que ela nos desse uma mão, que ele não podia cuidar de mim por causa do trabalho, fiquei muito chateada, porque existem momentos-chave em que você vê quem está do seu lado e quem não está, e estava claro que ele não estava.

De todo jeito, antes do aborto ele já tinha começado a dar suas mancadas. Quem me contou foi a minha prima, falou que ele andava se encontrando de vez em quando com a Silvia, a irmã da cunhada dela. Que Rafael ia buscar ela na escola e que depois desapareciam, enquanto você fica aí, se lascando com as paletas e os doces. Eu só senti uma ardência no estômago, mas fiz que nem ligava. E essa Silvia, bonita? E minha prima lá, dizendo que sim, mas que nem tanto. Não precisa levantar minha bola, prima, sei bem que já não sou a de antes.

Mas não é justo, ela dizia, e eu dizia que sim, que não era justo, mas que ele mais cedo ou mais tarde ia provar do próprio veneno.

Se eu não fui tirar satisfações foi porque tinha medo de soltar os cachorros. A gente vive escutando por aí sobre mulheres que cortam o pinto do marido e eu não queria me tornar alguém assim. Me segurei, porque eu tinha pra mim que se eu partisse pra cima dele ia ser com uma faca na mão, não vou aguentar, não vou aguentar, e então começava a respirar fundo, fazia das tripas coração e pensava que aquilo era fogo de palha, porque se ele não me queria mais, ou se já não queria mais ficar comigo, então era mais fácil ir embora. Na época eu pensava que podia ser aquela crise que acontece quando o fogo já passou e que é passageira, que logo eles voltavam com o rabo entre as pernas. Mas também, e tenho que reconhecer, se eu tinha medo de mim, tinha mais medo dele, porque, quando a gente brigava, ele ficava cada vez mais agressivo e eu não queria que viesse me dar pancada e que ficassem falando por aí que, além de corna, eu apanhava. Então era melhor assim, melhor assim. O jeito era esperar que a fase passasse, eu dizia pra mim mesma, mas fiquei irritando ele por muito tempo, como naquela vez que ele chegou com o Bombolocha e ficou puto porque eu não quis levar as cervejas na mesa pra eles.

— Traz as cervejas.

— Eu? Nem que vocês fossem mancos.

— Não enche o saco, traz elas...

— Não vou levar nada — eu disse, e continuei derramando chocolate quente nos moldes de paletas que tinha que entregar.

Rafael não disse nada, mas ficou me olhando feio, ainda mais porque o Bombolocha ficou zombando dele, dizendo que já nem em casa ele era respeitado, que já tinham cortado a crista do galinho. Eu me fiz de boba. O entregador da doceria estava pra chegar e buscar as paletas e eu fui lavar a cara e as mãos e, já no banheiro, chegou Rafael e me jogou contra a parede. Depois deu com a garrafa na parede, que se despedaçou. Sobrou a parte pela qual se segura a garrafa com a mão e foi com isso que ele me ameaçou.

— Quer que eu te ensine a trazer a cerveja quando eu mandar?

Fiquei olhando pra ele bem quietinha, bem caladinha.

— Quer que eu te enfie a porra de uma cerveja na bunda pra você aprender? — E me cuspiu na cara.

Aí, sim, me enfureci. Que me enfiasse o quê?, a garrafa?, só se ele fosse imbecil, pensei e empurrei ele. Quase pisei nos cacos de vidro no chão, mas consegui me safar dessa. Em seguida chegou o entregador e nos acalmamos, eu até esticava o tempo de conversa com o entregador enquanto dava o troco, fiquei perguntando se agora sim iam comprar de mim as paletas toda semana, o que dizia a chefe dele, se sabia se ela estava contente com as paletas. Rafael passou pela cozinha pra pegar a vassoura e a pá e eu continuava com o entregador e o entregador me dando bola, que se a chefe ganhasse mais dinheiro, eu devia cobrar mais caro, e eu pensava ai, sim, que ele fique aqui ou sabe-se lá como aquilo vai acabar, e papo vai, papo vem, até que já não tinha mais assunto e o entregador foi embora. Quando entrei em casa, vi Rafael já deitado, por cima das cobertas. Fiquei na cozinha chorando, porque, ainda que Rafael estivesse louco e fosse capaz de me machucar, éramos uma família, e eu ainda queria dizer pra ele que, quando tivéssemos a nossa filha, eu ia fazer paletas de chocolate e baunilha e de morango e nozes e ele ia me dizer que bom e ia me abraçar apertado, mas claro que ele não ia dizer nada, porque ele, muito safado, já andava trepando com outras e eu tinha que ficar quieta, porque o medo era recíproco, só que ele era mais forte.

Mas é que de verdade a gente deveria ser uma família, eu queria uma família, queria de Rafael uma família, e disse isso pra ele quando saí da casa da minha mãe. Porque se eu saí de lá foi porque ela bateu no meu irmão na última vez que vimos ele. Não consigo esquecer, não sei, não sei por que, mas me dói tanto que minha mãe tenha batido no meu irmão naquele dia, porque sinto que meu irmão morreu triste e isso eu não posso perdoar.

A gente estava tomando o café da manhã e meu irmão derramou leite na mesa. Molhou a toalha, mas secamos rápido, nós dois. Minha mãe nem reparou que não tinha ficado manchada, mas a graça era bater, então ela deu um tapa no meu irmão e ele bateu com a boca no copo de leite. Saiu sangue do lábio dele. Eu disse pra minha mãe que não batesse nele, que percebesse o que tinha acabado de fazer, mas ela disse pra eu não me meter. Meu irmão foi enxaguar o machucado e minha mãe continuou comendo como se não tivesse acontecido nada. Me deu muita raiva e fui pro meu quarto. Depois de um tempinho escutei meu irmão batendo na porta pra me dizer que estava de saída. Eu disse certo. Isso foi a última coisa que disse a ele: certo.

Depois, à noite, ele não voltou. Não demos muita atenção, porque ele era assim, às vezes não voltava. Mas assim se passaram três noites. Então minha mãe me disse pra eu ir procurar o Neto, pra ver se ele sabia alguma coisa do meu irmão. Mas Neto estava fugindo de mim e aí, foi aí que me assustei. Então no quinto dia fui bem cedo no ponto onde ele parava o caminhão pra esperar ele. Quando me viu, ele se fez de louco, andou mais rápido e subiu num ônibus. Mas desatei a correr e consegui subir também. Ele já estava sentado e virou a cara pra janela. Me sentei do lado dele.

— Cadê o meu irmão?

— Quem é que sabe, ele não foi trabalhar.

— Me diz onde tá o meu irmão, seu miserável, não finja que não sabe...

— Não sei, de verdade...

— Deixa de ser covarde, seu miserável, minha mãe tá preocupada, meu irmão some de vez em quando, mas nunca demorou tanto pra voltar... Você sabe, sim, não me enrola.

— Não, de verdade... — mas ele começou a gritar e ali mesmo senti que estava me dando dor de barriga. Ele nem chegou a me contar nada, mas logo já estávamos os dois chorando no ônibus. Descemos antes pra caminhar e pra ninguém nos escutar.

— O que ele fez?

Ele não fez nada. Neto disse que emparedaram ele. Que naquele dia que ele saiu de casa disseram que iam pagar hora extra e iam dobrar o dia se ele ficasse no turno da noite, e aí ele ficou. Que estavam trabalhando e de repente alguma coisa caiu no buraco que ele e outro colega estavam cavando e todo o cimento da máquina tombou em cima deles. Que se armou uma confusão, mas alguém disse que seria mais confusão ainda tirar eles de lá, que eles não iam sobreviver, que ninguém sabia o que fazer e que passou o tempo e o cimento começou a secar e então pronto, todos continuaram trabalhando como se não tivesse acontecido nada.

— Não brinca, seu miserável, isso não é coisa que aconteça... — eu disse, rindo de nervosa.

Mas aconteceu, sim. Minha mãe foi várias vezes à obra, procurou o chefe e depois foi à direção da empresa, mas ninguém dizia nada, diziam que não, que meu irmão não tinha ido mais trabalhar e que se a gente continuasse a mexer nisso iam até processar ele por abandono de trabalho. Mas o Neto sabe o que aconteceu, minha mãe disse pra eles, mas justo nessa hora o Neto se fez de bobo, não disse nada.

Então ficou impossível pra mim continuar perto da minha mãe. Peguei muito ódio dela. Por que bateu no meu irmão só porque ele tinha derramado leite, por quê? Por isso eu disse pro Rafael que não aguentava mais e que queria ir embora dali logo. Então fui fazer o depósito do aluguel da casinha dos quintais e, sem avisar a minha mãe, parti. Ela também não me procurou, nem eu procurei ela, até esse dia que perdi o meu bebê e ela cuidou de mim como pôde.

Eu, com a minha mãe, tinha um problema, a gente não pensava igual sobre nada. Não sei onde aprendi a fazer paletas e doces e bolos, mas sempre gostei disso e vi que me rendia dinheiro. Se bem que é verdade que pra isso é preciso ter talento e sorte, pra cair nas graças das donas das lojas, mas também é bem importante conseguir fazer as coisas com sabor, não só bem decoradas, mas com sabor, e eu sei lá como nasci com tino e já levava pra elas amostras dos bolos, das paletinhas. Vamos, é de graça, sem compromisso, vai ver que até vai querer mais, e em seguida eu fingia interesse, e como vai sua filha? Está uma gracinha, eu vi outro dia; e aquela dorzinha que a senhora estava sentindo, já passou? Vamos, olha, trouxe de outros sabores, aproveita que essas eu acabei de tirar do forno e trouxe só pra senhora. E as madames riam, me diziam que eu era simpática e então eu vendia logo as paletas, os chocolates, as maçãs recheadas, as tortinhas de queijo, os bolos, as gelatinas decoradas. E já quando vi que isso tudo rendia mesmo dinheiro suficiente pra me manter, então larguei a escola e essa foi a gota d'água com a minha mãe. Primeiro, pra deixar ela satisfeita, eu dava pra ela o dinheiro do lucro, mas é que quando a minha mãe pega raiva de alguma coisa, não tem jeito, e ela descontava de mim o gás ou, só de picuinha, não me deixava cozinhar, então pra poder cozinhar eu ia na minha tia ou nas minhas primas e depois eu já chegava com o dinheiro e dizia pois está aí pro gás, é claro que vai acabar logo, e ela pegava o dinheiro mas não trocava, nunca gostou de eu ter saído da escola.

Se era pra ir à escola só por ir, então não. Eu via com meus próprios olhos, por exemplo, a minha prima Irene, que passava o tempo todo estudando e depois nem conseguia trabalho e acabou casada e com duas filhas, então era pura perda de tempo. Pra que ela estudou se ia passar os dias trancada cuidando das meninas? E tinha a Carmela, diz que era muito sabida, muito estudada e, pra resumir, o melhor que conseguiu foi virar caixa, porque ninguém deu emprego pra ela. Eu, ao contrário, estava ganhando mais dinheiro que a minha mãe, mas ela nunca deixou de me achar uma idiota. Dizia que existiam outros caminhos, pois sim, eles existem, mas aprendi que a pessoa tem seu lugar no mundo e não adianta querer outra coisa, o que é seu tá guardado.

Quando a gente já estava morando junto, Rafael e eu, uma vez, numa casa de doces pra onde eu entregava gelatinas e paletas de chocolate, uma madame toda metida experimentou as minhas paletas de chocolate e disse que queria fazer uma encomenda grande, coisa de umas duzentas, a dona deu pra ela o meu telefone e ela fez mesmo a encomenda grande, eu fiquei nervosa, mas aceitei e cobrei caro, e ela me pagou. Ela disse que era pra festa de aniversário da filha, que eu tinha que entregar as paletas pra lá de Lomas e eu disse que sim, que sem problema, e devo ter feito tudo direitinho, porque dessa festa me saíram outros pedidos e inclusive uma senhora, convidada da festa, me pôs em contato com uma dessas lojas que vendem chocolate gourmet e eu até tive que conseguir um contador pra emitir nota fiscal e tudo. Foi assim que comecei a ser empreendedora: eu ia deixar as minhas caixas de paletas de chocolate na mercearia e os de lá me diziam que só me faltava um fusca, mas eu dizia que ia comprar a minha caminhonete, mas nunca comprei, porque mesmo tendo juntado o dinheiro, gastei com a coisa do Rafa, e depois nunca mais consegui juntar de novo pra comprar nada.

Agora, se me perguntassem se eu sustentava o Rafael, eu diria que não. Que eu sustentava a casa, isso sim, mas nunca, nunca comprei nem uma cerveja ou qualquer outra coisa pra ele. Era verdade que quase nunca ele me dava dinheiro, mas eu não precisava do dinheiro dele, o que eu queria de Rafael era uma família. Se além disso me perguntassem se eu amava ele, diria que sim também. Eu amava ele como se amam as coisas que trazem lembranças, como as cartinhas pros reis magos, as fotos de aniversário, a roupa favorita, coisas assim. Mas se eu sentia que conseguia viver sem ele?, pois eu, sim, diria que claro que conseguia viver sem ele, como consegui viver sem pai, sem meu irmão, sem minha mãe. Eu só não conseguia viver sem ser mãe. Por que essa obsessão? Porque sim; o que tem de mau em querer ser mãe, o que tem de mau em querer dar amor? Eu queria educar uma menina que fosse diferente de mim, da minha mãe, da mãe de Rafael, das minhas primas. Uma mulherzinha diferente, que não dependesse de ninguém, mas que fosse amorosa; por que isso era ruim? Por isso, quando Rafael não deu a mínima pro aborto, eu já não conseguia mais ver ele da mesma forma, eu pensava bom, ele não tem culpa, os médicos já me disseram que essas coisas acontecem, que é normal, que eu não fique traumatizada, mas eu me sentia mal, nunca vi Rafael triste por perder o nosso bebê.

Acontece que eu não aguentava mais ficar na casa da minha mãe depois do aborto, primeiro por ela, mas também porque me dava não sei o quê ver a porta do quarto do meu irmão fechada, me dava medo passar por ali, porque eu queria abrir a porta e ver ele, eu pensava assim de verdade, ah, o bróder tá ali no quarto dele, não vou incomodar. E inventava essa fantasia, depois, à noite, me aproximava da parede que dava pro quarto dele e falava ai, maninho, você ia ser tio e não deu certo. E depois, como se fosse ontem, me lembrei que, quando eu tinha cinco anos e ele doze, a gente estava na sala e de repente ele me deu um beijo na boca e eu me assustei, saí correndo de casa sem saber o que dizer. Lembro que queria contar pra minha mãe, mas fiquei com medo que ela me desse uma surra. Eu não sabia se aquilo era bom ou mau, se ele tinha feito de propósito ou de má-fé, não sei. Me revirou o estômago, fiquei enjoada. Então falei com Rafael e disse que parasse de ser idiota e fosse me buscar, que queria ir pra minha casa.

Nos primeiros dias da minha volta a gente quase não conversava, a gente não queria brigar e por isso meio que se ignorava, nenhum dos dois comprou o gás e numa manhã ele acabou no meio de uma encomenda que eu tava preparando no forno e Rafael entrou no banho, então acabou tomando banho de água fria. Ficou puto, gritou comigo, dizendo que eu era uma descuidada e não sei o quê, eu disse que sim, que se danasse a porcaria do banhozinho de cinco minutos dele, que eu ia perder a minha encomenda. Mandei ele sair pra ver se passava o caminhão do gás. Fiquei sentada na mesa, já tava pensando em levar as bandejas com a minha tia, mas tinha medo de que o vento estragasse tudo, depois ele entrou em casa e ficou me olhando esquisito, pensei lá vem ele com a ladainha de que se eu fosse mais ligeira, se fosse checar o botijão pra saber se tinha gás ou não, mas o que fez foi ficar me olhando bem de perto, até que seus olhos ficaram úmidos.

— Que é? — eu disse.

— Nada.

— Tá se sentindo mal?

— Não.

— O que você tem?

— Nada.

— Ah...

E em seguida começou a chorar. Me levantei para abraçar ele e, pra minha surpresa, ele me abraçou soluçando e com o nariz escorrendo. Ele balançava as costas largas, os braços longos e grandes, subindo e descendo, chorando, chorando. Abracei ele com força. Eu pensava, e agora? Mas continuava abraçando. E ele chorando sem parar, até ri um pouquinho, e agora, o que vai ser? Então ouvimos o caminhão do gás e eu disse pra ele correr, pra não deixar o caminhão ir embora. Ele se desvencilhou e limpou a cara e foi comprar o botijão. E quando me ajudou a acender a caldeira, pegou um pão e enfiou na jaqueta pra comer no caminho. Antes de sair, ele apareceu na janela da cozinha e ficou me olhando, eu comecei a rir, achando graça nos gritos que ele soltava. Imitei ele e ele riu, me disse pra eu mandar a minha mãe à merda. Então pôs a mochila e o gorro de frio.

— Que susto do cacete você me deu, você não nasceu pra ficar grávida, já te deram o aviso — ele disse apontando pro céu, pra deus. Me mandou um beijo com a mão e saiu. Fechei a torneira da pia e fiquei em silêncio. O que ele me disse caiu em mim feito um balde de água fria.

Demorei alguns meses pra me recuperar fisicamente do que aconteceu. Mas acontece que a minha prima continuava me dizendo que Rafael ainda estava se encontrando com aquela Silvia e eu ficava furiosa de verdade. Também não é que queria muito voltar a transar com ele, sentia nojo de pensar que ele andava se pegando com outra, mas era um pouquinho mais que isso, também tinha nojo da ignorância dele, do jeito de filhinho de mamãe, tudo era sua mãe: comecei a enxergar ele como um menino, como um amigo, não mais como homem. Mas não engolia a ideia de tanto investimento nele, tanto tempo, tantas coisas pra, de um dia pro outro, a gente deixar de se amar. Então dei uma alfinetada nele.

— Se eu e você não transamos mais não é por causa da Silvia, é porque você não me dá mais tesão, tô te dizendo isso pra você não ficar com uma impressão errada.

— Do que você tá falando?

— Disso, que se a gente não transa mais não é porque você tá comendo a Silvia, é porque você me dá nojo.

— Não fala besteira. Você tá dormindo com alguém, desgraçada?

— Que cretino, você nem me escuta...

— Puta.

— Cretino.

— Puta.

— Cretino.

E ficamos assim, dizendo isso um pro outro várias vezes. Então cheguei perto dele, que estava sentado na poltrona, e abaixei as calças. Peguei a mão dele e pus na minha vagina. Ele ficou me olhando, totalmente atordoado.

— O que é? Olha aqui, pode conferir, você não me dá mais tesão...

Mas assim que disse isso eu já estava toda molhada. Ele se levantou e se ajeitou para enfiar os dedos em mim.

— Então quer dizer que não te dou mais tesão?

— Não.

E desabotoou a calça enquanto me masturbava e meteu em mim. Eu deixei por um instante, mas depois me afastei, e ele insistiu e outra vez me afastei e assim ficamos por um tempo, até que ele se cansou e me jogou no chão, me colocou de quatro e puxou meus cabelos e começou a me comer. Eu só apertava os lábios, estava entre não querer e sentir prazer, e também meu objetivo era que ele gozasse dentro de mim e consegui, pensei claro que eu não ia me conformar e ia procurar todas as formas pra conseguir ser mãe e ia calar a boca dele e do seu deus.

Então se ele percebia ou não que eu, mais que carinho, estava pegando raiva dele, não sei, mas eu, pessoalmente, me sentia mal por ser assim. Porque gerar ódio é fácil, difícil é conseguir superar isso, e eu sabia que entre uma coisa e outra, entre a minha mãe e o meu irmão, eu já carregava muita dor, então o que menos queria era viver com ódio na minha própria casa, por isso quando começaram a chegar encomendas das casas das ricaças, eu ficava contente, não só por causa do dinheiro, mas porque isso me dava a chance de sair de casa aos sábados e não brigar com Rafael, que em geral chegava bêbado de madrugada e, imaginava eu, com o cheiro da Silvia, então passear me aliviava.

Também não era que fossem passeios passeios, porque lá ia eu com as minhas sacolas cheias de paletas e tinha que ter cuidado pra elas não amassarem e a mercadoria chegar bem, por isso no trajeto de metrô eu ficava bem atenta, sem pensar, e depois, no táxi, aí sim eu relaxava, ficava vendo as casas bonitas e os jardins e era uma sensação de paz ficar assim, como em outro mundo.

Uma vez fui entregar um pedido no Desierto de los Leones, era uma casona no meio do bosque, ali se chegava só de táxi, não tinha outro jeito, e o táxi não sabia onde estacionar, porque tinha caminhonete por todos os lados. É que não dá, veja bem, me dizia o taxista. E eu, ai, não, mas me deixe o mais perto que puder, que eu não posso pôr as sacolas no chão, não tá vendo que é comida? E nós dois ali, vendo onde caberia o seu carrinho desengonçado pra que eu pudesse descer com as paletas sem que ele batesse em algum carro.

Me deixaram entrar até a piscina, puxa, mas que casa, pensei. Me sentia miserável, com a minha roupa velha, os meus sapatos quase furados, de plástico, e todos ali com suas roupas fresquinhas, suas tacinhas de vinho, seus cabelos limpos, seus sorrisos brancos e perfeitos. Tem que esperar a madame, me disse uma moça, a dona estava num telefonema, se eu podia ajudar a pôr as paletas ali, ao lado da fonte de morangos com chocolate, para as paletas enfeitarem a mesa. Ah, claro, eu disse, ali vai dar pra ver as paletas — minhas paletas — muito bem. E comecei a acomodar pensando bem, que vejam que sou eu que faço elas, que saibam que eu não vim só de xereta, mas que as minhas paletas — minhas paletas — são as que vão deixar seus filhos felizes. Seus filhos.

Fiquei olhando os convidados, me chamou a atenção uma mulher com duas crianças bem loiras, eram uma menina e um bebê de uns três anos. Não estava entendendo bem quem ela era; seria a empregada? Não parecia, estava bem-vestida, relaxada, ao lado de um homem alto, bonito, muito sério ele. Mas fiquei encafifada, ainda mais porque a menina ia de vez em quando dar beijos ou abraçar ela. Então vi que as duas estavam ao lado da piscina, cuidando do bebê. Fiquei espantada, era o menino mais bonito que eu já tinha visto. Ele tinha uns cabelinhos que pareciam caracóis e uns olhos grandes que preenchiam a cara toda. Foi a primeira vez que vi Leonel. Já em seguida veio a dona da casa, me pagou e disse obrigada. Então já fui indo, mas passei ao lado das crianças, das duas crianças, e notei que a mulher não olhou pra mim, como se eu não existisse, mas talvez porque, assim como eu, também estivesse embasbacada olhando pro menino. Desde esse dia eu não consegui mais tirar a carinha dele da minha cabeça, não consegui mesmo.

Como eles fizeram pra fazer um filho assim? Era um menino loiro, mas com graça, feito um anjo, dos que são abençoados, bem bonito. Me reacendeu a vontade de ter a minha filha, mas eu já não acreditava em mais nada. Acontece que uma vez o Rafael chegou com o Neto e com o Bombolocha em casa e disseram que o tio do Luis tinha dito pra eles se mandarem pro outro lado. Soltei um muxoxo. Neto me disse que não entendeu, que eu não estava dimensionando bem as possibilidades. Possibilidades de quê? De ter dinheiro de verdade, que a mesma coisa que Rafael fazia nas obras de construção, a mesma coisa se podia fazer lá, só que ganhando melhor. Pagam dez vezes mais, replicou Rafael. Estavam muito sérios, então peguei as sacolinhas de plástico e disse pra eles me ajudarem a empacotar enquanto me contavam que o tio do Luis era primo de um coiote, que o coiote dava garantia, que era cem por cento seguro atravessar.

— Tão difícil não pode ser. Se é só um muro, um rio.

— Pois muita gente já morreu lá.

— Mas os que passam são em maior número — disse Rafael.

— É uma roleta, mas quem não aposta não ganha.

Estavam entusiasmados, mais que pelo dinheiro, pensei, por deixar o tédio de viver sempre do mesmo jeito.

— Você tem medo do Rafael ir? — me perguntou Neto.

— Medo não, ele é que sabe — eu disse.

Tiraram sarro dele, que eles iriam e que Rafael ia ficar chupando o dedo ao ver como eles faziam um pé de meia, e ele aí em casa, comendo grama. Rafael primeiro ria, mas depois, já sério, me perguntou se eu não achava mesmo uma má ideia. Disse a ele que fizesse o que quisesse, que, se ele achava que era uma boa oportunidade, pois que tentasse, mas quis saber quanto custava a viagem e quais garantias exatamente o coiote dava de que eles iam passar bem e seguros. Falaram de quarenta e cinco mil por pessoa. Tudo à vista, nada de duas ou três parcelas, tudo ao mesmo tempo, tudo no mesmo dia: no dia se paga, no dia se cruza.

— Mas de onde vocês vão tirar o dinheiro? É muita coisa — eu disse.

— Pois isso se consegue, a coisa é ir, só por um tempo, não é pra ficar lá a vida toda, é só pra juntar uma grana, voltar e montar aqui um negocinho — respondeu Neto.

Eu estava entendendo. Neto, por exemplo, desde que tinha acontecido o que aconteceu com o meu irmão, queria largar a construção. De fato largou, mas teve que voltar porque não encontrou outro trabalho.

— E se eu também quiser ir? — perguntei.

— Não, você não, é perigoso — Rafa foi logo dizendo.

— Ah, mas que fantástico, você sim, mas eu não...

— Não seja boba, deixa o Rafael ir dar duro, que dê muito duro, aí vocês juntam pra sua caminhonete, pra você entregar suas paletas, que ele te compre um bom forno, que o preguiçoso gaste, que deixe de ficar só sendo sustentado — disse Bombolocha com aqueles olhos de bola de gude que sorriam sozinhos.

— Tem que juntar dinheiro pros bebês que vamos ter, já passou da hora de sossegar — disse Rafael, me pegando pela mão.

Então pedi que me dissessem o que, como e quando. A gente começou a fazer planos, pensando que era melhor eles irem antes do Natal pra não sentirem pena de ir, e também porque assim o sol do deserto não era tão forte, que era mais fácil tremer de frio que morrer de sede. Vi todos animados, eu também, achei que Rafael agora sim estava falando sério. Já de noite, quando os rapazes foram embora, eu disse que se era pra ter dinheiro pros bebês, que podia contar comigo, e começamos a contar o dinheiro que eu tinha guardado: só faltavam quinze mil pesos. A gente começou a sonhar que ele iria sozinho por um ano e então, aí sim, a gente casaria e tentaria ter o meu bebê. Dormi feliz.

Mas a minha satisfação durou pouco, porque dois dias depois todos fizeram vista grossa, mas eu sei que Bombolocha e Neto roubaram o meu dinheiro. Também cheguei a pensar que Rafael tinha ajudado eles, mas duvidei um pouco quando vi como a cara dele ficou branca quando contei e ele saiu atrás deles. Ninguém sabia de nada, mas o dinheiro não desaparece assim, sem mais nem menos.

Mesmo com o dinheiro perdido, Rafael ainda estava animado pra ir pro outro lado, então mesmo ficando cabreiro com a perda do dinheiro, e ele até chegou a dizer que eu mesma tinha dito que o dinheiro desapareceu pra não emprestar pra ele, e começou a pedir pra quem pudesse. Vários dos seus irmãos apoiaram a ideia e em duas semanas ele juntou quarenta e cinco mil. Antes de ir, sua mãe veio me ver e me perguntou se eu não ia fazer nada, eu disse que não, que o filho dela já estava bem grandinho pra saber o que fazia e que o dinheiro ia vir em boa hora, inclusive pra ela, que eu já sabia que Rafael sempre ajudava. Ela disse que eu não tinha juízo e que eu era sustentada por ele. Foi a primeira vez que levantei a voz pra ela. Sustentada?!, mas se seu filho é que é um morto de fome, a senhora não percebe que sou eu que mantenho a casa?! E ela começou a argumentar que então, se eu tinha a porcaria do dinheiro, por que deixava o filho dela ir embora. Eu ia partir pra briga e pôr os pingos nos is, mas pensei que de todo jeito aquela senhora ia ser a futura avó da minha filha, então só disse pra ela se acalmar e que, se ela tinha alguma coisa pra falar, que falasse pro filho dela.

Então foram os três em uma terça-feira, à meia-noite, o tio de Luis ia esperar em Matamoros. Rafael e Bombolocha voltaram depois de três dias. Não disseram por que, só disseram que não conseguiram atravessar.

— Mas por que o Ernesto conseguiu? — todos nós perguntamos.

— Porque o desgraçado do Ernesto é um desgraçado — os dois diziam.

— E agora, o que vamos fazer, se nos endividamos pra que vocês fossem?

— Logo vamos pagar — eles diziam.

— E os bebês? — perguntei quase chorando.

— Que bebês? — perguntou Rafael.

— Os que você disse que ia fazer em mim quando voltasse com muito dinheiro! — gritei chorando.

— Não vai ter bebê nenhum, não vou te engravidar, não vai ter porra de bebê nenhum nesta casa, se você quer um bebê, vai e faz você! — gritou e saiu.

A mãe do Rafael me disse que vá saber o que tinha acontecido, mas que bom que Rafael estava bem, porque estavam acontecendo coisas horríveis no norte. Que tinham escutado dizer que encontraram setenta e dois corpos num rancho, justo em Tamaulipas. Que todos iam pro outro lado. Que talvez Rafael tivesse visto alguma coisa feia e fez bem em voltar. Eu não disse nada, mas sim, foram setenta e duas pessoas mortas, saiu nos jornais e disseram que era apenas uma mostra, que com certeza tinha mais. Setenta e duas pessoas que primeiro ficaram desaparecidas e depois estavam mortas, todas, amontoadas feito lixo. Ninguém reclamou nada.

Por isso me alegrei quando Neto me ligou uma vez. Disse que estava em Houston, tudo beleza, disse, e depois riu. Disse que lá eram todos uns bundões. Como aqui, eu disse. Mas ele dizia que não, que lá eram mais.

— Mas você tá conseguindo guardar dinheiro? — perguntei.

— Sim, tô guardando e vou te mandar, pra você comprar a sua caminhonete — ele disse.

— Não, homem, mas por quê? Nem que você fosse o meu marido.

— Mas o seu marido também não te dá nada.

— Não vai dizer que foi você que roubou a minha grana e agora tá com peso na consciência — respondi, brincando.

— Ah, deixa disso, vou te ajudar a comprar a sua caminhonete pra você poder entregar os seus doces, você vai ver — e nós dois rimos.

— Se cuida, Ernesto — eu disse, e desligamos. Não soubemos mais nada de Ernesto. Gostamos de pensar que ele está lá, bem feliz, bem contente. Mas quem é que sabe.

As coisas também não melhoraram em casa: o irmão de Rafael ficou doente e não tinha seguro médico. Começou a se tratar bem, mas em seis meses ninguém mais tinha dinheiro pra ajudar e nem como conseguir mais, porque continuavam endividados por causa da viagem de Rafael. Depois de discutirem muito o assunto, decidiram que o irmão ia morrer quando tivesse que morrer, na sua casa.

Eu aqui, do meu lado, muitas vezes disse pro Rafael que ele tinha que me contar o que tinha acontecido na fronteira, mas ele nunca me disse nada. O que, sim, acontecia era que às vezes, de madrugada, ele acordava muito agitado, suando, não conseguia dormir, dava pra ver que tinha pesadelos.

— Não vai me contar o que aconteceu com você?

— Não aconteceu nada comigo, a gente só não conseguiu atravessar e pronto.

— Mentira, mentira da grossa...

Ele não era mais o mesmo, nem eu. Nos víamos pouco, ele ficava com a mãe e com a família dele quase o tempo todo. Ficava pensativo, num desânimo que me deixava louca. Também não fazíamos sexo. Uma vez, quando começou a descer em mim, pedi que me chupasse, como antes, mas ele apenas sorriu e me deu um beijo na testa. Eu também comecei a ficar triste, a me lembrar da minha gravidez, de todas essas coisas. Tinha que fazer algo pra ficar bem, pra melhorar. Pensava muitas vezes na menina de olhos azuis e no seu irmãozinho, meio que me deu vontade de ser ela: ser criança, ser bonita, ter uma mãe e um irmãozinho. Fiquei pensando que talvez, sim, existissem outras vidas, outras formas, outros namorados, outros homens que quisessem me engravidar, como Neto, por que nunca reparei no Neto?

Nesse dia, o dia, saí pra rua e vi que ia chover, mas me sentia sufocada em casa, peguei a minha sombrinha vermelha e saí pra caminhar. Tomei um ônibus, eu andava feito uma sonâmbula, como se uma força me dissesse direitinho pra onde ir, mesmo sem eu saber. Então desci em um parque que vi no caminho e me sentei num banco pra ver as crianças brincarem nos escorregadores, nos balanços, nas gangorras, nos trepa-trepas. Fiquei assim por um tempo.

Então eu vi que estava chegando uma madame com um menino e reconheci ela. Era a mãe de Leonel, a da festa, a que tinha os filhos loiros, e sei que era a mãe dele porque várias vezes chamou ele de filho. Estavam a uns dez metros de mim. Me sentei retinha pra ver eles bem; será possível serem eles e a menina? Ouvi Leonel rir e me deu vontade de chorar. Ajeitei o cabelo e senti como se uma mola me expulsasse do banco. A mãe falava com ele de vez em quando, mas estava mais ocupada vendo o celular. Leonel foi pra areia. Me aproximei mais. Começou a garoar.

Então Leonel voltou pra gangorra e a mãe dele disse que tivesse cuidado ou alguma coisa assim. Me aproximei mais. Queria quase sentir o cheiro dele. Aí abri a sombrinha vermelha e não sei como, nem com que força, nem com que tipo de impulso, mas peguei Leonel no colo e fui rápido pra avenida, onde peguei o primeiro táxi que passou pela minha frente e fui embora com o menino, que começou a chorar. Eu ficava me virando para trás, mas o táxi continuou avançando. Foi assim que tudo começou.

TERCEIRA PARTE

Poderia ter acontecido.
Teve que acontecer.
Aconteceu antes. Depois. Mais perto. Mais longe.
Aconteceu, mas não com você.

Wisława Szymborska
Fragmento de *Por um acaso*

Por que choramos quando acabamos de nascer?
Porque não devíamos ter vindo para este mundo.

Habituada a que meu corpo fosse o reflexo do meu estado de ânimo, esperei que as doenças viessem à tona, mas era incapaz de enxergar isso com os meus próprios olhos. Ainda hoje evito os espelhos, não gosto de olhar quem sou, embora naquele tempo eu soubesse que não era eu que habitava este corpo e, sim, que eu era um recipiente, uma espécie de pátio vazio ao qual chegavam os ruídos da cidade vindos de longe. A casa vazia nunca habitada e sombria, ainda que com estrutura fixa. O elefante branco do mercado. Talvez por isso Daniel tenha nascido autista, para não interagir comigo; talvez por isso Vladimir fugisse de mim e foi para longe, como que se justificando por causa da minha personalidade fútil. Talvez Fran nunca tenha me amado, mas as circunstâncias lhe impuseram a continuidade, e talvez por isso Nagore um dia veio ao quarto e nos comunicou que voltaria para a Espanha. Seu corpo, sim, é que tinha mudado e continha uma mulher que sempre se manteve pertinentemente viva.

Nos deram folhas de papel com a fotografia de Daniel, com seus dados e suas características físicas para que puséssemos nos muros da cidade. Nos disseram que poriam alguns em estações do metrô e que inclusive estariam em contato com outros estados. Nunca fizeram isso. Também nos ofereceram sessões com um psicólogo e nos deram o número de telefone ao qual podíamos ligar caso tivéssemos dúvidas. Fran telefonou duas vezes, nunca atenderam.

Ele é autista e você o deixou sozinho?, me inquiriu a mulher que me atendeu. Anotou isso em notas particulares para o relatório: é autista, para normalizar seu desaparecimento e para conectá-lo com a minha estupidez. O que estava fazendo? Estávamos no parque. Ahãm, e então, alguém o levou? Não, não sei. Não viu ninguém por perto? Não, ou sim, tinha muita gente. E não viu nada estranho? Não. E o menino, gritou? Não, não gritou. Tem certeza? Não. O que a senhora estava fazendo enquanto isso? Porque alguma coisa devia estar fazendo para não estar ao lado do seu filho. Sim, eu estava ao lado do meu filho, mas ele estava brincando... Com quem? Sozinho, estava sozinho. Ahãm, humm... A senhora cuidava dele sozinha, o amava? Como assim, se eu o amava? Era meu filho! Ahãm, humm... Aguarde ali.

Nos deram orientações, mas nunca nos deram alguma esperança de que íamos encontrá-lo.

E se ele voltou e eu saí do lugar antes que ele pudesse me encontrar? Não, ele não voltou, porque nunca foi. Você vai ao quarto onde ele deveria estar e acaricia o colchão: *Agora volte*, mas ele não chega, então você fecha os olhos e, não importa se tenham se passado dois ou trinta minutos, quando você abre, julga que tudo é um pesadelo, um pesadelo, nada além disso. Mas ele não está, não está ali. Estar, o verbo que nos faz humanos. O pesadelo é perpétuo.

Preguei alguns cartazes perto de casa e do parque onde Daniel desapareceu. Não faltavam curiosos que irrompiam em meio à dor com que eu me desprendia da imagem do meu filho. Olhavam, mas não olhavam, nunca olham e, quando o fazem, é para reafirmar a eles mesmos que estão bem. A desgraça do outro é a obliquidade do nosso próprio eixo. Uma vez escutei que uma mulher enfatizava a condição autista de Daniel. Coitadinho, tomara que esteja morto, disse. E eu apertei os lábios e as mãos, porque suas palavras eram o eco de algo que eu não podia dizer.

Não importa o que se diga a respeito: morto é melhor que desaparecido. Os desaparecidos são valas comuns abertas dentro de nós, e nós, que as sofremos, a única coisa que ansiamos é poder enterrá-los o quanto antes. Parar de desmembrar tendão por tendão, fio de sangue por fios de fel, porque, mesmo para cada gota, cair é uma provação.

Eu não percebia, mas pouco a pouco comecei a deixar marcas nas minhas mãos, algumas vezes porque mordia a pele entre o indicador e o anelar, outras, porque enterrava minhas unhas na palma. Também costumava coçar a borda que cobre as unhas, e muitas vezes eu só me dava conta disso porque o sabão fazia arder, mas nunca sabia quando é que tinha feito aquilo. Eram feridas que abriam e fechavam por autonomia. Feridas que eram como se eu tivesse brigado com alguém, me dizia Fran quando as via. Do mesmo jeito que você luta para acreditar que Nagore é sua filha?, eu retorquia, só para provocar alguma coisa, para estender a conversa. Nagore é nossa filha, ele replicava. Vou lutar para que você e ela fiquem bem. E Daniel?, eu dizia, obrigando Fran a notar a falta. Mas por Daniel não lutávamos. Ele se tornou inominável, difuso, distante. Chegou a existir?

Nagore nos disse que queria ir embora para a Espanha para ver o pai e os avós: meus avós, quero dizer. Especialmente os meus avós. Os meus pais?, perguntou Fran. Sim, os meus avós, mas também meus outros avós. Mas a sua família é esta, Fran lhe disse. Sim, mas tenho outra família. Quero falar com o meu pai. Seu pai é Fran, Nagore, repliquei, respondendo à ofensa que ela acabava de fazer. Sim, mas tenho outro pai, com quem quero conversar. Você pode conversar comigo quando quiser, seu pai sou eu, reivindicou Fran. Nagore nos olhou desafiadora, mas condescendente. Quem éramos nós, senão uns pais incapazes de serem chamados de pais?

O que a senhora estava fazendo quando o menino desapareceu?, me perguntou um homem suado e com uma grande barriga. Eu já disse que estava sentada no parque com ele. Me descreva a roupa que ele estava usando. Calça azul, camiseta vermelha, sapatos azuis, pulôver azul. Cabelo curto? Sim. Que horas a senhora saiu de casa?, viu alguém suspeito?, algum dado que possa ajudar?, pode dizer a hora em que viu seu filho pela última vez?, alguma particularidade? (A particularidade de Daniel era eu, uma mãe que não devia ter sido mãe.)

Ele é autista, eu disse.

Eu trouxe ao mundo um menino incapaz de se comunicar. Sim, sua particularidade era eu.

Desde que Daniel foi embora, eu não deixei que nada fosse tirado de casa. Como cadela recém-parida, me isolei num canto do quarto com umas mantas que eu quase não soltava, porque ainda tinham o aroma do meu filho. Eu as cheirava quase o tempo todo, enquanto na soleira da porta, um a um, os objetos que eu deixava para limpar depois foram criando uma muralha de roupa suja ou de roupa nova que Fran comprava para me dar ânimo. Também havia trastes sujos que eu me esquecia de lavar e coisas inanimadas que juro que nunca soube como foram chegando. Minha cova. A formação belicosa para quem quisesse estrear o campo de batalha.

Da cama, na maioria das vezes, eu conseguia olhar o rosto frágil e duro de Fran, que, em sua justa dimensão, com o passar do tempo, já não comandava meus dias; nem Nagore, que, conforme se alargavam seus quadris e cresciam seus seios, menos se importava em vigiar meus estados de ânimo e se mantinha distante, nem que fosse mentalmente. Éramos tão estranhas uma para a outra como nas primeiras vezes que nos vimos na casa de Utrera. Nos encontrávamos só por acaso. Talvez fosse a sua juventude ou a perda da inocência com tão pouca idade — seja lá o que tenha sido, eu podia ver diante do meu muro de contenção uma mulher que abriu caminho entre os escombros.

Aqui nunca se ouviram sinos. As cidades são assim, anônimas. Não me surpreenderia se todos, entre o tumulto, desaparecessem cedo ou tarde. Não há crianças brincando sozinhas pelas ruas, nem mulheres com cestos e verdura fresca. Não há vizinhança, os automóveis se jogam sobre as pessoas, somos cinzentos. Ninguém se queixa. Não há sinos que animem as pessoas a rezar, porque as cidades são assim, saturadas, indigestas, irrespiráveis; por isso sei que podia ser Daniel, mas podia ser também qualquer um, porque aqui só os imbecis esboçam uma vida. Por isso é que acho que Daniel está melhor onde está e espero que seja um lugar de descanso, onde os sinos sejam sinônimo de paz, de silêncio e de paz. Que tenha paz, que seja paz.

O homem atrás da mesa de metal cinza e desengonçada assoou o nariz com um lenço descartável. Deixou o lenço na mesa e eu só pensava que da testa e das axilas ele expelia um suor amargo, que fazia ser difícil respirar. Digitou algumas coisas, não era capaz de me olhar. Continuou digitando, deu um gole no café que tinha ao lado, se virou para olhar para seus colegas, que pareciam raquíticos diante da sua gordura. Suspirou deixando escapar o bafo com um cheiro desagradável, que só podia ser a pobreza alimentar falando. Não havia notícias, porque as crianças, embora sejam autistas e tenham três anos, são travessas, disse ele, e então as pessoas as levam para casa para, com calma, irem à polícia depois. Fiz que não com a cabeça. Não se angustie, ele vai aparecer. Depois imprimiu uma folha com os dados do meu relatório, levantou-se subindo as calças amassadas, que não passavam dos quadris e ficavam meio justas, e então me convidou a me retirar. É autista e não sabe comer nem ir ao banheiro sozinho..., eu disse, buscando piedade. Vai aparecer, ele me respondeu e me direcionou com o dedo para a saída.

Fiquei parada por uns segundos, esperando que me dissessem que já havia notícias, que tudo era uma brincadeira, mas só escutei o teclar constante dos outros computadores trabalhando a serviço da burocracia.

Eu via sem ver, inclusive quase subi ao terceiro andar, onde um psicólogo me esperava, mas não subi, pelo contrário, saí direto para a rua e voltei caminhando para casa para, quem sabe, ver a camiseta vermelha de Daniel entre o tráfego e o céu nublado. Se eu tivesse subido ao terceiro andar, o que teria acontecido? Minha dor teria se tornado real, eu teria que enfrentar o fato de nomear o que não existe. Não existe palavra que defina uma mãe sem um filho que ela já pariu, porque não sou amátrida, já que Daniel continua vivo e eu sou a mãe, sou algo pior, algo inominável, algo que não foi conceitualizado, algo que só o silêncio torna suportável.

Olha, que graça, mas que graça é o senhor! O senhor é muito sabido, danadinho, o senhor é muito sabido, dizia a mãe de Fran para Daniel no aeroporto, no nosso retorno ao México. Mas que bonito e gracioso ele é, se parece com Fran. É branquinho, a pele dele vai ficar bem branquinha, não é?, e lhe beijava os cabelos, que mal apareciam no crânio do meu filho. Venham quando quiserem, ela me disse, e eu, que desde dias antes tinha medo de voltar à minha realidade e tremia um pouco porque não sabia o que ia fazer com duas crianças, disse que sim, que voltaríamos logo. Não voltamos mais. Estávamos quase indo para a sala de embarque para entrar no avião quando o pai de Fran lhe disse que nunca ia perdoá-lo por deixá-lo sem filha e sem neta. Deixe ela aqui, não está vendo que ela não quer ir?, dizia o pai, que não conseguia abraçá-la enquanto ela se aferrava à perna da avó. Fran negou tudo com a cabeça, nem sequer deu abertura para continuarem falando do assunto, pegou Nagore no colo e jogou um beijo no ar para a mãe, que tinha se tornado pequena e encurvada, pálida e seca. Em seguida, pedi a ela que me passasse Daniel, e ela o soltou de repente: Tiraram de mim a minha filha e a minha neta, deram dois a você, cuide bem deles. E eu sorri, porque não tive força para dizer que a mim ninguém tinha dado nada, que eu não queria me sentir culpada, que não queria carregar o presente mais escabroso que alguém tinha me dado. Como ser mãe pode não ser assustador? Não voltamos a vê-los; embora eles tenham insistido para vir ao México quando Daniel desapareceu, Fran não quis, porque entre o lamento e o desespero, seu pai lhe disse que quem tira, quem rouba, também acaba sendo roubado.

Você não me quer aqui e eu não quero estar aqui, diga a Fran para me deixar ir embora. Olhei para Nagore sem interesse. Eu não influencio nas decisões de Fran, respondi sem dar muita importância e voltei o olhar para a tevê. Mas diga a ele que eu quero ir para ficar com os meus avós, que odeio viver nesta casa. Por isso mesmo você deveria ficar, Nagore, não sei o que você imagina que deve haver por lá, mas não há nada para você. Aqui também não, ela disse. Assenti. Aqui também não, lá menos ainda, você vai se decepcionar, insisti. Eu não gosto de você e não quero ficar aqui, odeio este lugar. Somos duas, repliquei. Vocês me dão nojo, olhe para esta casa, é um chiqueiro, fede, não quero ficar aqui. Eu sei, disse. Por que vocês querem que eu fique? Não quero, me dá nojo, você me dá nojo, você não toma banho, não se mexe, só come e come e deixa que a casa vire um chiqueiro. Eu sei, respondi outra vez. Mas o que você quer lá?, vai mesmo ir atrás do assassino da sua mãe? Nagore me fulminou com o olhar e se preparou para atacar: Você matou Daniel e nem sequer deixou a gente se despedir dele; você é pior; você nos deixou sem ele, sem que pudéssemos nos despedir, você arrancou ele de nós; você é pior. Senti que a pontada no meu fígado se reativava. (Respire, respire, respire.) Eu quis me levantar e bater nela, mas a única coisa que saiu de mim foi dizer que ela era uma menininha idiota. (Mas será mesmo que ela acha que eu o matei, que o perdi de propósito?) Você não vai embora, vai ficar aqui. Nagore sentou na cama diante de mim, me olhou altiva. Soltei um muxoxo, disse que saísse do quarto, porque ela não estava me deixando ver televisão, que estava ligada. Como você não viu seu filho, hein? Como não viu pra onde ele foi? Ela apertou de leve a minha perna, que estava coberta com uma manta. Cala a boca, Nagore. E continuei com a cara virada, tentando assistir televisão. Me deixe ir embora, repetiu, e voltou a me dar um tapinha de leve na perna, perto do joelho, por isso minha perna se mexeu sozinha. Quis ignorá-la. Me deixe ir, ela insistiu, movendo a minha perna de um lado para o outro. Sacudiu minhas duas pernas, e eu lhe respondi com uma bofetada para dar por encerrada a conversa, mas Nagore não era mais a criança que queria pentear os meus cabelos, nem tinha mais os cabelos dourados, nem a picardia infantil nos olhos: era uma jovenzinha já crescida que me devolveu a bofetada. Fiquei com a cara ardendo e ia responder, mas ela segurou as minhas mãos e me encarou. Me deixe ir embora. Eu quis me safar, mas não consegui. Você vai me matar, como seu pai fez com a sua mãe, Nagore?, você é um animal, igual ao seu pai, quer fazer mais besteira que nós? E Nagore ficou vermelha e bufou e me deu outra bofetada. Tentei me levantar, mas não consegui, e ela aproveitou para se jogar em cima de mim com puxões de cabelo e eu comecei a rir, primeiro a rir, mas em seguida a chorar. Sim, me bata, me bata, sua bastarda, me bata! E Nagore, entre bufadas, tentava cravar as unhas no meu braço. Eu ria e dizia me bata, me bata!, e ela cravava em mim suas unhas e seu ódio, e eu me deixava ser odiada. Me bata, me bata!, eu repetia, até que ela se afastou e pôde ver que eu estava ensopada de lágrimas e não conseguia parar de chorar. Então ela afastou os cabelos da cara e fez o mesmo em mim e enxugou as minhas lágrimas, e eu continuava chorando entre risos enquanto movia meus braços no ar, dizendo que ela voltasse para terminar a surra que tinha começado, mas Nagore me abraçou e pôs minha cara em seu peito e eu a abracei bem forte e continuei chorando e ela começou a acariciar os meus cabelos e a beijar a minha cabeça e eu, baixinho, dizia: Me bata, me bata, me bata... Mas Nagore apenas me abraçava e fazia: Shhh shhh, como quando ela ninava Daniel e o balançava e o acalmava e o fazia dormir, e eu continuei a abraçando e quis dormir, porque não queria saber se ela tinha crescido e estava indo embora.

Nagore ficou me segurando e me recostou como pôde, me acomodou no travesseiro, fechou meus olhos e continuou a acarinhar meu rosto com o shhh shhh que tantas vezes acalmou Daniel e fez ele adormecer.

Antes de voltarmos ao México, a mãe de Fran se ajoelhou diante de mim e me suplicou que não fôssemos embora. Convença Fran, convença ele, eu te ajudo a cuidar das crianças, não vou incomodar, vou te ajudar, convença Fran a ficar, mas eu dizia que não, embora quisesse dizer que sim, e ela me dizia que não a deixasse sozinha naquela casa grande, branca e oca de Utrera, que não suportaria tanta solidão sem sua filha e com todos os dias sem sua filha e sem sua neta, que eu não fosse embora, que convencesse Fran, mas eu apenas negava com a cabeça, porque se decidi não ficar, não era porque não quisesse, e sim porque tinha a esperança de que podia me encarregar de mim mesma e da minha família. Não sei por que nem sob que promessa ou lenga-lenga social eu me impus esse desejo, que, para dizer a verdade, não sentia. Mas também, sei bem, havia o fato de temer que a mãe de Fran também fosse um peso para mim. Tinha medo de deixar de ser leve quando já estava levando, entre os braços, o maior peso de minha vida.

Nunca acreditamos que o caso de Daniel fosse ser resolvido. Era uma batalha perdida, não existiriam perguntas que fossem ser respondidas. O buraco negro das perguntas, a ausência de respostas, a ausência das pessoas que desapareciam e a ausência de vereditos, sentenças ou resoluções: o cachorro que corre atrás do próprio rabo. Várias vezes Fran esteve prestes a sair no tapa com os burocratas que de vez em quando nos permitiam ver o inquérito policial. Um inquérito inexistente. Por que íamos ver se algo tinha avançado? Porque de vez em quando, para Fran, era melhor bater em alguma porta do que ficar de mãos vazias.

Xavi foi julgado e ninguém da sua família opôs resistência, todos aceitaram a condenação. Embora seja verdade que os avós chegaram a falar que mereciam ver Nagore, também não brigaram muito por isso. Puseram a medalha de condecoração dos enlutados. Mergulharam nas sombras, que, embora não incomodem, persistem. Eles também eram fantasmas vagando. Talvez fosse por isso que Nagore quisesse acender a luz e olhá-los nos olhos, deixá-los morrer, não sei, ou talvez encontrar esperança para eles, tirar deles o peso de um filho assassino. Nagore, viva, era feita de uma voz e uma história, negava-se a pertencer a um grupo de pessoas que preferem a penumbra. Sempre tive respeito por Nagore.

Vladimir me deu o número de telefone do amigo da família que tinha trabalhado na Procuradoria Geral da República, que, por sua vez, nos deu o telefone da organização que ajudava as mães de desaparecidos. Eram muitas as mães com filhos desaparecidos.

Fui à primeira reunião na cidade. Todas tinham inquéritos gordos, sapatos furados, mochilas nas costas, porque várias delas não sabiam onde iam dormir. Eram batalhões femininos, e elas eram combativas. Tinham se organizado, estavam percorrendo o país. Contavam o caso daquela mãe que encontrou seu filho depois de oito anos de procura, um filho aprisionado na fronteira. Se enchiam de esperança, carregavam fotos dos seus filhos como quem carrega escapulários e cruzes no pescoço. Eu queria me enfiar num buraco. O que aconteceu com seu filho?, perguntou uma, e eu, que sentia que meu descuido no parque era uma estupidez e uma negligência diante delas, que hasteavam suas histórias como sendo as mais tristes, disse que não queria contar. Logo você nos conta, me disse uma, e eu assenti com a cabeça, mas não contei, inclusive quando nos reunimos em um salão emprestado de um edifício velho no centro da cidade, procurei me sentar bem atrás para me perder entre as cabeças e as discussões. Fui embora assim que consegui. O que eu ia dizer? Perdi meu filho autista porque estava pensando em um homem? Que insignificante me senti. Por isso não voltei mais.

Entramos no avião de volta ao México e os pais de Fran foram se transformando em pequenas figurinhas que a vista já não alcançava para, em seguida, decolarmos entre edifícios e nuvens. Será que é isso que sou para Daniel, uma pequena figura insignificante pela qual não se é capaz de virar a cabeça nem para dizer adeus?

Falava-se de guerra, mas ninguém falava de nós, as choronas. Foi isso que Vladimir me disse que éramos, choronas, invisíveis com um grito ensurdecedor. Mas ninguém falava de nós. Falava-se de sangue, de assassinatos, de cifras, mas ninguém falava de nós. Nossos filhos desapareciam duas vezes: uma vez fisicamente; outra, com a negligência dos demais. Não voltei ao Ministério Público, não voltei a nenhuma reunião, muito menos a marchas, não queria incrustar a imagem de Daniel no oportunismo de quem narra tudo de uma perspectiva partidária e diz seu nome em discursos políticos, não queria que vivessem às minhas custas. De um jeito ou de outro, queria manter Daniel imaculado. Daniel não era como os outros, que podia ser que no fundo merecessem aquilo, era possível que todas nós, as mães, merecêssemos a nossa condenação. Era possível que tivéssemos inventado o choro para não falar, porque quem questiona a pessoa que chora? Ninguém, a pessoa pode ser esquecida, ignorada, silenciada, mas questionada, nunca.

Daniel tinha os maiores olhos e as sobrancelhas mais espessas que eu vi na vida, mas seu olhar era diferente, evasivo. Eu sabia que ele não era como as outras crianças, não sorria muito nem se interessava pelo que estava à sua volta. Cheguei a pensar que ele podia ser um gênio, porque antes gênio que idiota. Mas Nagore era quem insistia que algo nele era diferente, e não era boa coisa, ela o chamava de bobinho, e embora dissesse isso com amor, ele era mesmo um pouco bobinho, mas Fran e eu demoramos para assimilar e, por isso, só aos dois anos e meio foi que o levamos a um especialista. Disseram que o autismo não era um impedimento, que apenas nos custaria mais trabalho e tempo. E dinheiro, disse Fran. E dinheiro, repetiu o médico. Fiquei com vergonha. Embora soubesse que não era nada ruim, a não ser por *um pouco mais de trabalho*, tive a certeza de que não tinha conseguido gerar uma criança sã, normal, que pudesse ocupar Fran com esportes, fazê-lo sujar as mãos e os joelhos por brincar com ele. Me sentia envergonhada pelos dois, porque, não era preciso intuir, Fran pôs uma barreira entre ele e Daniel. E eu, com um calafrio percorrendo a espinha, confirmei que não me interessava ter nenhum filho, embora eu tivesse dois. Nagore, em compensação, o agasalhou e cuidou dele com mais esmero e eficiência que antes, soube falar com ele em seu idioma, soube sorrir para ele e se deixar abraçar quando Daniel pedia.

E Deus, já pediu a Deus?, me perguntou a família. Que deus, de que deus estão falando? Deus, essa piada absurda, absurda, absurda.

Existem tantas maneiras de desaparecer que, quando isso se torna uma ação, assume a forma daqueles que a vivem: Daniel desaparecido, Fran desaparecendo, eu desaparecerei. Eventualmente éramos os que não estavam, os que se esfumam, se esfumaram, se esfumarão. Desaparecidos: ocultos, escondidos, desvanecidos, evaporados, faltantes, desfeitos, desintegrados, ausentes, dissipados, eclipsados, evadidos, sem ânimo para comparecer diante da própria existência. Há tantas formas de desaparecer, que, ainda que presente, Fran, por exemplo, nunca estava. Cuidava de nós, mantinha a geladeira cheia, os serviços da casa, mas não estava. Nos assustava pensar que um dia, qualquer dia, o sol, a manhã, o café ou a comida nos parecesse algo bom. Não podíamos ser felizes sem Daniel. A casa sombria, escondida entre uma fila vertical de objetos — que um dia eu tinha começado a deixar de qualquer jeito — e outra mais mofada e suja, que se mantinha na estante da sala. Nessa fila de coisas, estava o prato vazio da última refeição de Daniel, que descansava entre a podridão, como a cruz de Cristo descansa nas paredes das casas dos católicos. Daniel era um ser irrelevante no presente, mas necessário para nos manter inanimados, sem vontade de viver.

Quando vou aceitar que o desaparecimento de Daniel tirou de cima de mim o peso de cuidar de uma criança autista? Talvez no fundo eu tenha deixado que o levassem. Talvez eu pudesse ter me levantado e feito o tempo parar, mas eu nunca quis fazer isso.

Todos, motivados pela morbidez, acudiram à casa quando souberam do desaparecimento de Daniel. Todos, um a um, ofereceram ajuda, todos, não houve uma pessoa que eu conhecesse que não tenha vindo me prestar condolências. Não perguntaram, nem de forma velada, como foi o meu erro, embora esperassem que eu contasse. Já notou que os pássaros, quando voam alto, se chocam?, acontecia de eu dizer às vezes, sobretudo quando havia silêncios interrogativos. Aprendi isso com

Nagore, e Nagore, que parecia entender que era a nossa escapatória, continuava perguntando, sabia?, sabia que, em bandos, eles batem contra os edifícios e morrem? As pessoas ficavam desconcertadas, até que confirmavam que, como todo anseio, ao chegar lá em cima só se pode cair em declive. E a vontade de todos de ajudar só caiu ladeira abaixo, até que um dia os telefonemas de apoio e as visitas de condolências cessaram. O que podiam ver em uma mulher que não se transbordava em lágrimas diante dos olhos dos outros? Nada, era evidente que se entretinham mais com a televisão que tinham em casa.

Deu trabalho convencer Fran a ir ao instituto onde nos ensinariam a fortalecer as aptidões de Daniel para que ele pudesse se inserir na sociedade de maneira adequada: inserir-se, como dardos que, mesmo sem pertencer ao tabuleiro, chegam rápido e de forma agressiva para romper a normalidade. Inserir-se, como a seringa que combate a pele doente. Inserir-se, como a flecha que mata.

Os pais de Fran ofereceram dinheiro para a reabilitação. Daniel não está doente, respondeu o filho. Ora, mas ele não é normal e a vida é uma porrada, disse o pai. A merda é vocês acharem que têm um neto doente, replicou Fran. A merda, Fran, é que mesmo precisando tanto de nós, você se esforça pra nos afastar. A merda, pai, é você ser invasivo. Pronto, lá vem o filho da puta pró-independência, desferia o pai cada vez que telefonava.

Fran sempre foi Fran, exceto quando se tratava de Daniel, porque então ele comparecia às aulas, prestava atenção e até mesmo fazia anotações, mas não era capaz de dar carinho ao nosso filho, não precisava ser um gênio para perceber, talvez por isso Nagore fosse a menina de seus olhos.

Minha mãe Amara sempre acreditou na justiça. Você acredita na justiça, mamãe?, me perguntou Nagore. Sim, acredito na justiça, respondi. Minha mãe me contou que, na Espanha, existia um lugar chamado Casas Viejas, em Cádiz, perto da casa do vovô e da vovó. Você conheceu Cádiz, mãe? Sim, conheci. Em Casas Viejas, uns camponeses lutaram porque não deixavam ninguém mandar neles e eles enfrentaram os que queriam mandar, e brigaram muitas vezes, porque acreditavam na liberdade, e todos, com suas esposas e filhos, brigavam, saíam às ruas para brigar, mas os outros mataram todos e só ficamos nós, os que sabem essa história, para continuar contando e fazendo justiça a eles, me disse Nagore enquanto penteava os meus cabelos. Ah, puxa vida, Nagore, que história triste. Vamos fazer assim com Daniel? Vamos contar para todo mundo que ele era um menino bom e que não desapareceu por ser mau, e sim porque era muito bom? Essa vai ser a nossa justiça, mamãe, essa é a justiça para Daniel?

Uma vez nos telefonaram para dizer que tinham encontrado o corpo de um menino que correspondia às características de Daniel. Minhas mãos e pés começaram a tremer, senti que isso não podia ser verdade, embora sim, a ideia de acreditar que ele estava em algum lugar voltou a dar densidade aos meus passos, que, apesar de trepidantes, acossados e quase aquosos ao caminhar, sentiam-se capazes de suportar o corpo trêmulo, convulso e espasmódico que se dirigia à certeza, à certeza. Foi Fran quem passou no necrotério para identificar o corpo. Antes dele entrar, nos demos as mãos com força, como quando éramos dois apaixonados, e apoiamos um ao outro, e nos importamos, voltamos a ser um casal. Depois, os dedos se despediram suavemente, esperando voltarem a se tocar para chorarmos juntos, mas não choramos, porque não era Daniel, era um problema alheio. Não era nosso, portanto continuamos com a irritabilidade nas alturas, com o desejo de sair correndo um para longe do outro.

Não é Daniel, disse Fran. E então quem é...? Um menino que foi violentado e que prenderam para fazer vídeos pornográficos. Nojento, respondeu. (Respire, respire, respire...) O autismo pode ter apelo sexual, causa algum tipo de tara? Tomara que não. Ainda há esperança, disse uma senhora que estava ao lado. Esperança de quê?

Esperança de quê?

Embora tenham nos explicado que o autismo não é necessariamente uma incapacidade, mas sim uma maneira diferente de experimentar o mundo, sempre senti que éramos motivo de piada entre nossos conhecidos. Passei muito tempo preocupada com que Daniel se comportasse como autista e as pessoas ao nosso redor nos olhassem com condescendência. Também tinha medo de imaginar Daniel quando fosse adulto: o que seria dele, como ia sobreviver neste mundo quando nós não estivéssemos mais aqui? O que nunca pensei foi que essa pergunta me acompanharia na vida sem ele. Como ele ia sobreviver, se é que por acaso sobrevive? Será que é verdade que ele existe, que Daniel ainda existe em algum lugar do mundo?

Você não tem medo de encarar seu pai?, perguntei a Nagore dias antes dela partir. Medo por quê, de quê, dele me matar?, retorquiu. Respondi levantando os ombros. Ele é quem deve ter medo de mim, ela disse. Nunca tinha conhecido uma mulher tão corajosa. De repente, passei a amá-la.

124

O que acontece com os inquéritos de todas as pessoas desaparecidas? Com o tempo, vão para um arquivo. Permanecem abertos, mas há tantas mortes e tantos casos acumulados que os processos não contêm casos, mas sim papéis, as histórias se tornam celulose que, com sorte, logo irá para a reciclagem. Eu soube, Fran sabe, que caixas cheias de processos foram queimadas, que os escritórios fecham, que os investigadores dizem às mães e familiares um você que sabe, porque ali ninguém sabe nada. Nunca tivemos esperança, há coisas que se sabe de antemão, não por Daniel, mas por eles, eles não se importam conosco, ninguém se importa com os outros, era melhor dizer isso de uma vez e para sempre. É bom que saibamos todos e deixemos de brincar de que sim: ninguém se importa conosco.

Imagino um caixão branco, flores brancas e todos chorando. Imagino Daniel com Amara. Eu não merecia Daniel porque quis matá-lo quando ainda estava no meu ventre. Não merecia Daniel porque permiti que ele nascesse.

Na noite anterior à nossa volta ao México, Fran me disse que me amava. Contei a ele do meu medo, mas ele não entendia de temores e pesadelos, Fran sempre olhava para frente. A maçã já caiu, tomemos outra[2], ele dizia. Fran acariciou meu rosto e me prometeu que tudo ia ficar bem, e eu fechei os olhos pensando que ele tinha que estar certo. Depois chegamos ao México e começamos a encenação na qual nos disfarçávamos de pais perfeitos: penteia Nagore aqui, dá de comer a Daniel ali. Não desista, embora Nagore seja uma órfã que quando se zanga fala em catalão, não esmoreça, embora Daniel seja um autista que nunca conseguimos compreender. Fracassamos e, com as cortinas esfarrapadas caindo sobre nós, nos demos por vencidos, ainda que tarde demais para o meu gosto. Quem me dera nunca tivéssemos nos conhecido.

Nagore insistiu que fôssemos a uma festa de aniversário para a qual ela foi convidada. Uma festa à beira da piscina, ela nos disse. Nem Fran nem eu queríamos ir, mas, por causa da insistência da menina, comparecemos. Nos arredores da cidade, a colega de Nagore celebrava seu aniversário com tudo que tinha direito, numa casa em meio ao bosque, rodeada por carros de luxo. Tanto Fran como eu pensamos que era curioso que aquela menina fosse à mesma escola de Nagore, as classes sociais não se misturam, pensei. E, em todo caso, se nós tínhamos acesso a esse tipo de relação era por causa da nacionalidade de Fran e Nagore, não por dinheiro. Ou você é rico ou é branco, não há matizes. Então, enquanto íamos conhecendo uma casa sem móveis, embora com uma piscina abarrotada de balões e doces, nos dávamos conta de que não era a mãe, e sim um rapaz de pele morena e corpo robusto quem se encarregava da festa do patrão. Fran não conseguiu esconder seu incômodo. Deixou que Nagore e Daniel brincassem um pouco, mas fomos embora logo, porque pensávamos com fé cega que nos afastar daquela casa e da possível conexão com dinheiro sujo nos manteria a salvo — inclusive insinuamos que Nagore não se aproximasse daquela menina. O tempo se encarregou de gravar na expressão do nosso rosto a evasão: a maldade, a tristeza, o perigo, a desrazão estão em todos os lados, bastava sair ao parque para que, um dia, o mais inesperado, você não voltasse a ver o seu filho. E então poderia ver a maldade personificada em você.

Como a neblina que as recordações deixam, Vladimir desapareceu por completo da minha vida. É possível que eu tenha percebido que muitas vezes tive a sensação de que ele me procurou de reiteradas maneiras para me prestar consolo, mas no olho do furacão não se vê nada, o aturdimento enreda e deixa tudo rarefeito. Depois do que aconteceu com Daniel, não consegui ver nada além de mim, e o que algum dia foi paixão acabou virando um estorvo. Vladimir me incomodava, afinal como sentir amor ou excitação quando a vida se dilui?, como voltar ao ponto exato em que a tangente ainda resulta em soma?, de que forma se deliciar com o insípido? Vladimir, como representação do amor, era um ente aleijado que me parecia grotesco. Deixei de dizer seu nome e de me interessar por ele, e se eu tivesse sabido que ele seria tão indiferente para mim, teria ido ao parque naquela tarde? Anular essa possibilidade pode ser o que talvez algum dia me dê paz, e talvez essa paz não venha com a morte, porque morrer como, se Daniel exige que você siga viva para o caso dele voltar algum dia? E quem volta, senão aquele que nunca se foi?

Daquela festa à beira da piscina à qual fomos com Nagore surgiram duas coisas que mudaram a nossa vida: a primeira foi que paramos de sentir pena da nossa dor e vimos que Daniel não enfeiava um mundo que por si só já era desagradável. Ao contrário, iluminava, sobretudo Nagore, que adorava ir atrás dele para fazer ele rir. Essa era a sina de Nagore, fazer o meu filho rir. E o destino de Daniel, eclipsar sua irmã. Vê-los conviver entre um monte de gente desconhecida, com a espontaneidade de quem está se divertindo, nos animou a festejar o terceiro aniversário do nosso filho. Com tudo que se tem direito, mamãe?, perguntou Nagore. Com tudo que se tem direito, eu disse. Então Nagore, que tinha mesmo se divertido naquela festa infantil, pediu à sua colega de escola que lhe desse o telefone da moça que fazia paletas de chocolate. Ela me passou o número, pedimos cem paletas de chocolate para a festa, que aconteceria em casa. A festa aconteceu, e foi apenas um lampejo em toda a nossa longa e fútil vida: Daniel e Nagore, a fugacidade de um desejo que não soubemos prolongar.

Você sempre vai ser a minha mãe, me garantiu Nagore antes de partir. Você quase nunca me chamou de mãe, manifestei enquanto sorria apertando os lábios para não parecer contente nem que a frase soasse como repreensão. Como Daniel te chamava?, ela perguntou. Não sei, ele nunca soube pronunciar meu nome, eu disse, mordendo a língua para não implorar que ficasse. (Respire, respire, respire.) Em seguida ela se foi, e Fran e eu nos esvaziamos por completo: dois recipientes velhos que foram desabitados para sempre.

Onde está Daniel, agora que digo seu nome e ele não me escuta, para onde ele foi e quais são seus passos? O que foi feito daquele menino que nasceu do meu ventre e o que foi feito de mim? Onde você está, Daniel, e como faço para nos encontrar?

Fran, embora jovem — como somos jovens, na verdade! —, envelheceu quando Nagore deixou de morar em casa: os mesmos sulcos no rosto que sua mãe, a mesma barriga avolumada do pai, as mesmas entradas nos cabelos castanhos. Às vezes me pergunto se um dia ele irá desmoronar, se entrará no quarto, se irá tirar os muros de coisas amontoadas que tenho ao redor e chorará comigo. Será que um dia choraremos nosso filho ou guardaremos as lágrimas como sintoma de negação?

E o que nos resta para além de nos esquivar da morte? Como pedir permissão — a quem — para ser imóvel? Como é que Fran e eu nos atreveremos a chegar ao descanso eterno se o nosso filho não voltar? Como ao menos descansar? Quem vai buscá-lo se nós perdermos a batalha? Quem vai enterrá-lo? Não quero abdicar de ser a que vela eternamente, nem quero continuar resistindo... Peço um dia a mais de vida ao mesmo tempo que imploro um a menos. Só quem sabe de desaparecimentos entende como isso pode ser lancinante.

Eles já vão nos dizer, quando voltarem, como foi para eles, disse uma mãe naquela reunião da qual saí. Já vão nos dizer. Daniel; será que Daniel aprendeu a falar? Será que Daniel irá me dizer alguma coisa?

Por que os chamam desaparecidos e não se atrevem a chamá-los de mortos? Porque os mortos somos os que os procuramos, eles continuarão sempre, sempre vivos.

Quando pronuncio a palavra Futuro,
a primeira sílaba já se perde no passado.

Quando pronuncio a palavra Silêncio,
suprimo-o.

Quando pronuncio a palavra Nada,
crio algo que não cabe em nenhum não ser.

Wisława Szymborska
As três palavras mais estranhas

Nunca confie nem na sua própria mãe. Era a frase que a minha mãe repetia pro meu irmão e pra mim cada vez que podia. Mas se não se pode confiar na mãe, em quem se pode confiar? Ela dizia que em ninguém, não se pode confiar em ninguém, nem se você estiver morrendo, não vá achando que alguém virá te ajudar. Isso, por exemplo, meu irmão pôde comprovar, mas pra mim parecia muito feio pensar que não se podia confiar em ninguém no mundo; mesmo assim, nunca confiei nada a ninguém. Segredos? Também não é que eu tivesse muitos, mas não era das que andavam contando como se sentia, como ia a vida. Pra quê? Depois o risco que a gente corre é que o que você pensa ou o que te dói seja usado contra você.

Depois da chegada de Leonel, tudo foi difícil, de uma hora pra outra comecei a ficar sozinha. Primeiro foi Rafael, depois minhas primas e tias. Elas não engoliam que a filha de Rosario, a prima de Michoacán, tivesse me deixado o menino depois que Rafael foi embora de casa. No que você está se metendo?, me diziam, e eu respondia no que está se metendo você, por acaso te pedi alguma ajuda? E diziam que fim de papo, que eu já tirava a faca, mas cuidado, que eu podia me cortar sozinha. Eu soltava um muxoxo, porque era sozinha mesmo que eu estava; e ainda que logo depois eu já soltasse uma piada ou dissesse que tinha ficado sabendo de uma fofoca, não era mais a mesma coisa, primeiro porque tinha algo que não fazia sentido pra elas, depois porque Leonel era difícil de conviver. Pois não venha, eu dizia, se acha tão ruim ver uma criança tão bonita, não venha. Então pararam de vir aqui em casa, e eu pensava uma casa deste tamanho, mais de um quintal, dois quintais, e ninguém usa, nem eu.

Eu estava mesmo sozinha e sentia que não podia mais falar e era como se meu humor estivesse ficando antiquado. Estava mais calada com os entregadores que vinham buscar meus bolos e gelatinas, ia deixar as paletas sem ânimo, já não perguntava às madames como estavam os filhos ou sobre as dores, afinal, se nunca me importei antes, assim, como andavam as coisas, menos ainda. Então meus passeios com Leonel eram curtinhos, primeiro, porque ele não sabia se comportar, segundo, porque eu me sentia insegura com ele na rua. As únicas vezes que saíamos era nas manhãs de domingo, pra ir na missa. Eu não acreditava em deus, nem acreditava em mim, mas ver tanta gente fazia eu me sentir um pouquinho acompanhada. A gente entrava na missa e sentava bem atrás, porque, caso Leonel aprontasse das suas, dava pra sair logo. Colocava ele sentado nas minhas pernas, dava um brinquedo pra ele pôr na boca e ficávamos ali, sem fazer mais nada, porque a verdade é que eu não escutava. Ia escutar o quê? Tudo me soava oco. Por que deus falaria assim? Se existisse, deus teria que ser próximo, e não falar por parábolas rabugentas, e não falar através de um senhor que passa o tempo todo dizendo que fazemos tudo errado, que é pra gente dar dinheiro. Mas eu ficava ali e seguia as instruções do sacerdote, eu até mexia a boca quando era hora de cantar pra não acharem que eu era uma ignorante. A parte de que mais eu gostava era quando davam a paz, ou seja lá como se chama essa parte quando todos se viram e sorriem uns pros outros, porque aí eu aproveitava e dava a mão a todos que eu podia, porque sorriam pra mim, porque se dirigiam a Leonel e diziam que menino bonito, e em seguida todos iam embora tranquilos, eles com suas vidas, eu com a minha.

Saindo da missa, quase sempre dividíamos um tamal entre nós dois. Leonel podia ser chatinho pra comer, mas os tamales, sim, ele comia com gosto. Ele também gostava de atole, eu comprava dois copos, e o que sobrava eu guardava pra congelar e depois dar pra ele como sorvete; minha mãe sempre dizia que o atole tinha muitas vitaminas ou proteínas, que era bom, e acho que era mesmo, porque Leonel estava saudável, meio atarantado, mas saudável.

Numa dessas vezes que fomos na missa, vi passar a mãe de Rafael com a sacola de compras e uns potes, acho que estava levando o café da manhã pra todos, porque ela tinha esse costume, em dia de semana muito feijão, muito arroz, muita tortilla com molho, mas nos domingos gostava de comprar consomê, barbacoa, torresmo e guacamole, e todos comendo; eu muitas vezes fui, pois a barbacoa que ela comprava era de Hidalgo, e dessa eu gostava muito. Então sei lá, eu enxerguei ela e senti que, como eu tinha ido tantas vezes tomar café da manhã, eu fazia parte daquilo de um jeito ou de outro, então foi fácil levantar a mão e dar um oi, eu ia até atravessar a calçada pra falar com ela, mas a reação dela foi avançar o mais rápido que pôde e fazer que não me viu. Seguiu reto, me deixou com a mão no ar. Mandei à puta que pariu, eu não precisava deles, nunca precisei, aquela sempre foi uma família covarde.

Mas é chato saber que a gente não se encaixa em lugar nenhum. É a verdade, eu não me encaixava em lugar nenhum, por isso, naquela vez que eu andava com a sombrinha vermelha, se parei naquele parque, foi porque ele era muito bonito, muito bem cuidado, estava limpo e eu podia me sentar nos bancos. Isso não acontecia onde eu morava. Lá, mesmo com tanto esforço pras crianças terem um parque delas, demorava mais ajeitando um terreno baldio pra isso do que os grupinhos de rapazes em pichar o lugar ou beber ali, e depois ainda deixavam as garrafas quebradas e tudo cheirando a mijo. Isso de um lado; de outro, quando você crescia, não queria mais andar pela rua, porque os vizinhos começavam a assobiar ou te diziam coisas. Pra mim, por exemplo, Rafael e Neto nunca disseram nada, mas dava pra ver que olhavam pra minha bunda, porque peito eu nunca tive. Mas os outros, os outros eram uns malditos durangos. A gente não podia andar bem-vestida, porque lá estavam os punheteiros, ou a gente não podia sair assim, sem tomar banho, porque também diziam que eles te dariam banho ou coisas assim. Eu, no começo, ficava quieta, mas depois me cansava e mostrava o dedo e mandava todos à puta que pariu, mas eles riam e gritavam ainda mais coisas. Então o melhor era nem passar por ali. Por isso, naquele dia que eu já estava muito cansada de tudo, de Rafael arredio com todo mundo, da minha vida tão miserável, de tudo, enfim, foi fácil pra mim descer naquele parque e me sentar pra pensar, eu precisava de boas notícias. Por isso é que achei que era muita coincidência que justo naquele dia, justo quando eu estava me sentindo assim, ali estivesse Leonel com sua mãe. Se deus existia, e eu quis acreditar que sim, estava me dando um sinal, tinha que ser um sinal, tinha que ser assim.

Penso muito nisso, porque quando a minha mãe foi me procurar, isso foi a primeira coisa que pensei em dizer: Se deus existe, aquilo era um sinal. Mas a minha mãe não apareceu como sinal, e sim porque alguém disse pra ela que Rafael tinha me deixado. Ela também não apareceu por causa de Leonel, de Leonel ela soube só na minha casa. No começo eu não quis abrir a porta, queria falar com ela pela janela, porque eu não sabia como ela ia reagir.

— O que você quer?

— Abre a porta! — gritou.

— Não, me diz o que você quer.

— Como assim o que quero? Quero te ver. Abre.

Leonel começou a me puxar pela blusa e eu me virei pra pedir pra ele parar, então minha mãe se aproximou da janela e viu o menino. Aí acabei abrindo a porta. Ela entrou e se sentou na mesa. Assim que viu ela dentro de casa, Leonel saiu correndo pro quarto. Eu não quis agitá-lo e deixei ele ali. Achei que a minha mãe ia me pedir explicações de tudo, então me adiantei, disse que se estava ali por causa de Rafael, que nem se preocupasse, que eu estava melhor sem ele.

— Por que você não me contou, por que tenho que ficar sabendo por outras pessoas?

— Eu não sabia que tinha que te avisar...

— Eu sou sua mãe.

Me disse isso como se eu não soubesse, eu ri apenas. Depois me contou que já sabia que Rafael andava com a cunhada da minha prima e que estavam falando coisas feias a meu respeito e que ela então entendeu a que se referiam, e nisso apontou Leonel com os olhos. Não gostei muito disso, mas não disse nada. Repeti que estava tudo bem, que eu continuava com o meu trabalho, que estava conseguindo manter a casa, como sempre, que o resto era assunto meu. Ela soltou um muxoxo e parou na frente da geladeira, tirou uma laranja e partiu ela. Ofereceu pro Leonel uma metade, Leonel pegou e começou a chupar sentado na poltrona. Depois minha mãe começou a falar dela, que também estava sozinha, que lhe doíam as pernas, que o médico já tinha dito que ela tinha osteoporose. Que sentia que, com as tantas doenças que ela estava sofrendo, eu não ia querer que as coisas ficassem piores. Respondi que as coisas não podiam ficar piores. Ela disse que sim, que sempre dá pra piorar.

Como eu já sabia que esse papo não ia dar em lugar nenhum, disse que tinha que fazer as minhas paletas e meus bolos. Pra minha surpresa, ela se ofereceu pra me ajudar e até ficou pra dormir. Achei aquilo bonito, era a primeira vez que me ajudava, a primeira vez em muito tempo que fazíamos alguma coisa juntas. Até Leonel se comportou bem, dormiu logo e ao nosso lado. Por um momento me senti em família. E já entrada a noite, quando já me sentia à vontade com ela ali, até contei de quando me encontrei com Rafael na rua, de quando vi ele de longe, levantei a cara pra ele me ver de frente, ao contrário do que ele fez, porque baixou o olhar.

— Oi, tudo bem? — eu disse, mas ele ficou calado. — Quando você vai passar pra pegar as suas coisas?

— Ah, bem, no fim de semana, se você quiser, agora estou com pressa.

— Sim, é só me avisar pra eu estar, e aproveita e me leva o molho de chaves.

— E vou devolver seu dinheiro — ele disse, coçando a cabeça.

— Ah, não, nem se preocupa, eu te dei porque quis.

— Mas eu vou te pagar...

— Então me avisa se vai aparecer no sábado, pra eu estar lá, e aí você leva tudo...

E em seguida continuei meu caminho. Quando me lembro desse dia, penso que tínhamos que ter nos tratado desse jeito antes, sem tanta confusão, não éramos tão ruins. A gente podia ter se poupado de um monte de coisa.

E mesmo sem minha mãe dizer nada, meio que senti que me dava razão. E eu, vendo que ela estava ali, me ajudando sem brigar, me dava por satisfeita. Depois, fomos dormir as horas que restavam, porque eu tinha que entregar as coisas às oito da manhã. Me levantei e me senti contente por estar acompanhada e vi que eram seis horas e fui ligar o gás pra tomar banho. Então deixei Leonel na cama e lhe dei um beijo.

Abri o chuveiro e comecei a tirar a roupa. Depois, escutei um barulho na sala e logo pensei que minha mãe tinha aproveitado pra ir bisbilhotar Leonel. Mas não dei bola. Então, quando eu estava temperando a água pra ela sair quentinha e entrei debaixo dela com metade do corpo, foi aí que escutei a porta de casa bater. Senti uma dor no estômago. Como a água mal tinha começado a cair nos meus cabelos, fiquei com uma parte molhada e outra seca. Me enrolei depressa na toalha e abri a porta do banheiro e vi a luz do meu quarto acesa, depois a cama: Leonel não estava ali. Minha mãe levou Leonel. Acho que foi então que fiquei louca.

Teve uma outra vez que podia ter ficado louca, ou que senti que era melhor enlouquecer do que pensar nas coisas com clareza. Por exemplo, quando eu era pequena e perguntava quem era o meu pai, ninguém me dizia nada, então, já maiorzinha, com dez anos mais ou menos, comecei a escutar o boato de que era o meu tio. E meu irmão uma vez me confirmou: é o tio.

— Mas como assim o tio?

— Pois assim, uma vez o tio transou com a mãe e disso saiu você — ele me disse, e continuou assistindo tevê.

— Mas como o tio, qual tio?

— Quantos você tem, ué?

— Mas então quem é o seu pai?

— Vá saber...

— O tio?

— Não, não, o tio é só o seu pai. É como se eu nunca tivesse tido um pai mesmo.

— Mas isso não pode...

— Pois pode, sim, e para de encher o saco.

— Era melhor se a gente fosse órfão — eu disse.

— Então somos órfãos, maninha, como quiser... — e mudou o canal da tevê como se aquilo não tivesse importância.

Eu devia ser órfã, pensei, porque ninguém deveria ter pais tão covardes. Mas não fiquei louca pra valer, porque às vezes a verdade fica apenas enraizada na gente, e ela permanece ali, mesmo que não sirva pra nada. Ou como quando Rafael apareceu com Bombolocha pra pegar suas coisas. Também aí eu podia ter ficado louca e, talvez por isso, Bombolocha não olhava na minha cara. Nem me cumprimentou. Ah, que bundão, pensei, mas não disse nada. Só disse pro Rafael se apressar porque eu estava de saída. Não era verdade, mas me dava tristeza que ele fosse embora como se fôssemos dois estranhos. Inclusive nesse dia, me lembro bem, Leonel, quando viu ele, se jogou nos braços dele. Rafael sorriu nervoso e acariciou a cabeça dele, como num cachorro. Depois deu a ele um brinquedo que estava no chão e deixou ele ali, entretido. Vi como ele pôs sua roupa em uns sacos de lixo e em seguida ele e Bombolocha carregaram uma mesa de computador. Já no quintal da frente, Rafael me deu tchau com a mão. Sorri enquanto fechava a porta, ainda que por dentro eu quisesse chorar, mas sabia que o desgraçado não merecia e só respirei fundo.

Enquanto botava um moletom velho e umas calças pra sair atrás da minha mãe, fiquei pensando em todas essas vezes que pude ficar louca. Ainda não tinha amanhecido direito, estava escuro e não havia ninguém na rua. Não sabia pra que lado correr. Já na avenida, vi que não fazia sentido correr feito uma idiota. Eu não entendia como isso podia ter acontecido tão rápido sem que eu pudesse prever, sem que pudesse defender Leonel, sem que pudesse pegar ele antes que fosse levado. Minha vista ficou turva, voltei pra casa e liguei pro Rafael.

— É que minha mãe levou o Leonel embora — eu disse gritando.

— Pra onde?

— Não sei, não sei!

— Então deixa pra lá — ele me disse, com sua voz rouca de quem acaba de acordar.

— Como vou deixar pra lá? Desgraçado!

— Então faz como quiser...

— Cachorro, desgraçado, desgraçado! — e joguei o telefone no chão.

Como eu ia deixar pra lá? Prendi o cabelo, que continuava escorrendo, e fui atrás da minha mãe na casa dela, mas ela também não estava lá. Nunca estava quando eu precisava, nunca respondia ou agia como se esperava que fosse agir. Como no dia que ela me bateu e eu tinha oito anos e acusei o meu irmão de ter quebrado uma xícara enquanto estávamos lavando a louça. Minha mãe estava na sala pintando as unhas. Quando eu disse o que meu irmão tinha feito e ela me perguntou o que eu queria fazer a respeito, invertendo o jogo:

— Então dê um castigo nele...

— Bem...

— Mas um castigo agora mesmo... — eu disse.

Então minha mãe se levantou e me deu uma chinelada no braço. Comecei a chorar.

— Larga mão de ser uma linguaruda de uma figa, para de ficar acusando as pessoas, menina idiota!

Mas enquanto eu ia pro ponto de ônibus pra ir procurar na casa dela, pra ver se ela estava lá com Leonel, pensava como vou deixar de ser linguaruda? E queria ir na polícia e acusar ela do que tinha feito, mas sabia que isso eu não podia fazer.

O problema é que eu não me acalmava, quanto mais passava o tempo, mais rápido eu respirava, mais me revolvia o estômago. Acho que a adrenalina me deixava com os sentidos muito alertas e, ao mesmo tempo, muito acelerada, porque eu andava e não via as pessoas ou as coisas, estava focada só no meu objetivo, que era entrar no ônibus, chegar e encontrar. Inclusive, eu, que nunca tinha gostado de ir na casa da minha avó, porque lá vivia o meu tio, fui sem medo, como se nunca tivessem me dado vontade de vomitar todos que sabiam que o irmão da minha mãe podia aparecer, não, eu me sentia forte, capaz de tudo pra encontrar o meu filho. Bati na porta e saiu a senhora, já velha, quase sem poder andar, e me disse que a minha mãe não estava.

— Não tá mesmo?

— Não, não tá — ela disse, e ficou na porta pra não me deixar entrar.

— Então deixa eu dar uma olhada na sua casa pra ver se é verdade...

— Já disse que ela não tá aqui — insistiu.

— E o meu tio?

— Também não.

— Então me deixa entrar...

— Não, aqui não tem ninguém.

Olhei pra ela com ódio. Sempre odiei ela. Ela não devia ter engravidado da minha mãe, nem do filho. Não devia ter deixado que a minha mãe tivesse seus bebês, especialmente eu. Eu ia insistir pra ela me deixar entrar, mas talvez no fundo eu não quisesse encontrar a minha mãe. E comecei a ir embora.

— Se eu ficar sabendo que ela tava aqui e a senhora mentiu, vou voltar e partir a sua cara e a do seu maldito filho de merda, o filho da puta.

— As filhas são sempre ingratas, eu sempre disse isso pra sua mãe.

— E o que tem isso?

— A gente sacrifica a vida pelos filhos e sempre recebemos ingratidão...

— Isso só acontece com as mães covardes como a senhora — eu disse enquanto dava as costas e ia embora da casa dela.

Depois, voltei outra vez na casa da minha mãe e fiquei esperando na porta, mas anoiteceu e ela não chegou. Eu não queria, mas era inevitável não pensar na mãe de Leonel. Então fui pra casa, pensando na mãe de Leonel. Eu sentia uma dor insuportável, que não dá pra explicar com palavras e que não desapareceu nem quando me joguei na cama pra chorar e pedia pro meu irmão que me levasse com ele pra morrer emparedada, mas acontece que ninguém empareda os inúteis.

Também não dormi muito, só de pouquinho em pouquinho, parecia que não ia amanhecer nunca. Fui à missa, como que pra pensar melhor. As lágrimas escorriam enquanto o padre falava sei lá o quê. Eu me lembrava de Leonel: aqui neste banco, ainda outro dia, estivemos juntinhos, nós dois, eu pensava. E chorava, chorava. Ali, na igreja, era o único lugar onde Leonel, ao ouvir a música do realejo, ficava feliz: eu carregava ele nos braços e ele me abraçava e me dizia ore, ore e batia palmas e me dava beijos no rosto. Éramos felizes. Por isso acho que, se deus existisse, ele saberia que estávamos bem e que não tinha que ter nos separado, ao contrário, devia ter posto ele na minha barriga e eu podia ter cuidado dele desde que era um fetinho e talvez quem sabe até nascia sem autismo. Mas deus não existe, por mais que o realejo toque tão bonito.

Enquanto eu caminhava, tapava a boca e pensava mas que caralho, por que a minha mãe levou Leonel, qual a necessidade, o que queria fazer? Isso de levar embora o meu filho confirmou pra mim que a minha mãe não me amava, eu já suspeitava, mas isso me confirmou. E eu continuava chorando. E enquanto chorava, me lembrava de quando a minha mãe quis me afogar. Ela diz que não, mas eu sei que sim, não sou idiota. Me lembro muito bem que ela pôs a água quente na banheira e disse para eu entrar, depois fingiu que estava brincando comigo e numa dessas eu escorreguei e caí dentro da água e ela pôs a mão na minha cabeça pra eu não poder sair. Eu esperneei e agitava as mãos desesperadamente, mas ela não deixava que eu tirasse a cabeça pra fora d'água, até que por fim ela mesma tirou. Abri a boca e tomei ar e meu nariz estava doendo e quando senti que já estava a salvo, gritei e comecei a chorar, mas ela, em vez de dizer alguma coisa, começou a rir. Já vai começar a chorar? Você não aguenta nada, ela disse. Eu não soube como protestar, deixei que ela me ensaboasse, mas já com as mãos bem-postas na banheira, por precaução, caso ela voltasse a fazer aquilo. E eu estava nisso enquanto não tinha notícias dela. Como se estivesse bem agarrada em mim mesma pra que, quando ela desse sinais de vida, eu não pisasse em falso e lhe desse vantagem.

O que eu não esperava era que a família de Rafael fosse me telefonar. Era pra eu ir na casa deles, me disseram. E eu fui, e ali estava a minha mãe, mas também estavam todos: os irmãos de Rafael, a minha tia e a minha prima com suas duas filhas e o irmão que já era um cadáver ambulante e que fingia estar vendo tevê, mas que na verdade estava olhando pra mim.

A minha mãe e a mãe de Rafael estavam sentadas na mesa, falaram pra eu me sentar. Eu mal enxergava todos e procurava por Leonel, mas não vi ele quando me sentei. Me disseram que estavam muito preocupados comigo. Eu ri. Sim, estavam muito preocupados e tinham pensado que o melhor que eu podia fazer era ir embora. Ir pra onde? Pra qualquer lugar, a família de Rafael estava em Michoacán, a família da minha mãe, em Guanajuato. Eu respondi que não. Então o sobrinho de Rafael pôs na mesa uma folha que trazia a fotografia de Leonel. A família dele estava procurando o menino. Peguei a folha e, depois de ver a foto, amassei com a mão. Respirei fundo e engoli a saliva.

— Mas se eu nem sei mais onde encontrar a família dele... Se alguém está com problemas, são vocês, que sequestraram ele...

A mãe de Rafael pôs umas passagens na mesa e me disse que o sobrinho podia me acompanhar pra eu apanhar roupa, que ele me levaria ao terminal de ônibus, sem problema. Eu disse que não. Foi nesse momento que a minha mãe ficou de pé diante de mim e me deu uma bofetada. Então eu me levantei e fui na direção da porta, disse pra eles que ia dar queixa na polícia e bati a porta velha de madeira e saí. Só consegui escutar como a minha mãe começou a chorar com gemidos e tudo mais. Fui caminhando com a cabeça erguida, acreditando ter ganhado a primeira batalha e que, quando me vissem assim, firme, iam me dizer onde estava Leonel. Por que não iam me devolver ele, se já tinham demonstrado que tinham medo? Eu só precisava de tempo pra pensar como descobrir onde eles tinham deixado o menino e recuperar ele.

Mas as coisas não melhoraram, porque quando a minha mãe levou Leonel de casa eu me esqueci do pedido dos bolos e das paletas. Perdi a encomenda e a doceria também não quis continuar comprando de mim. Fiquei irritada, mas deixei quieto, só disse que tudo bem, sinto muito, mas nem estava ligando pra isso. Também não quis ir aos outros estabelecimentos porque não queria que me perguntassem por Rafael ou por Leonel. O que eu ia responder? A dor é impronunciável.

O que eu queria era pensar no que podia fazer pra recuperar o menino. Mas as coisas começaram a se complicar, porque eu não conseguia me acalmar: toda vez que escutava o barulho de uma ambulância ou mesmo de uma viatura, sentia que estavam atrás de mim. Me tranquei em casa, fechei as cortinas, fechei o gás do fogão pra que não vissem que alguém estava consumindo. Passei as trancas nas portas. E se ouvisse algum barulho, eu ia me enfiar quase embaixo da cama até não ouvir mais. Depois comecei a sentir ódio de Leonel. Sentia que ele tinha me traído. Por que sua fotografia andava por aí, em folhas, fazendo-se passar por desaparecido? Ele não estava desaparecido, eu estava cuidando dele, eu estava fazendo dele o meu filho. Um desaparecido é uma pessoa que não existe mais, e ele existia, sim. Por que ele estava fazendo isso comigo?

O pior é que se passaram as horas e nem a família de Rafael, nem a da minha mãe me telefonava, cada segundo que passava parecia uma eternidade. E se eles foram à polícia e Leonel já estava com sua família loura e eu ali, em casa, apenas servindo de carne de canhão pra quando a polícia viesse atrás de mim? Eu estava desesperada porque, conforme menos notícias tinha da minha mãe, mais ideias passavam pela minha cabeça.

Eu não pensava isso à toa, porque me lembrei de quando o meu irmão levou um cachorro pra casa. Minha mãe disse que não queria cachorro ali, que fosse à merda com aquele animal idiota. Meu irmão ignorou o recado e deixou o bicho em casa, amarrou ele na lavanderia, deixou comida e foi trabalhar. Eu só vi como a minha mãe olhava pro cachorro quando lavava a roupa. O cachorro latia e choramingava. Minha mãe jogou água pra ele ficar quieto, mas o cachorro continuou choramingando. Não gostei daquilo, porque que culpa tinha o cachorro? Depois passaram dois ou três dias mais e a minha mãe, ainda que já não falasse mais nada pro meu irmão, fazia covardias com o cachorro, fosse porque jogava comida nele ou porque punha cocô no prato, não deixava ele em paz. Eu contei pro meu irmão e ele se queixou com ela, mas a minha mãe disse que se ele não levasse o cachorro embora, que aguentasse as consequências. Meu irmão não deu bola. Que consequências? Pois ela envenenou o cachorro. Ela nega e jura de pés juntos que não, mas o meu irmão e eu ficamos sabendo que foi ela, sim. Meu irmão chorou muito por causa disso, mas a minha mãe sempre disse que aquele cachorro morreu pro seu bem. Meu irmão parou de se queixar e nunca mais voltamos a ter cachorro em casa.

Então assim que me lembrei disso, fui outra vez na casa da minha mãe. Queria o meu filho, e ela tinha levado ele embora. Isso não vai ficar assim, pensei. Quando cheguei na casa dela e vi que ela estava lavando o quintal, engoli em seco, a primeira coisa que pensei foi que ela estava lavando alguma evidência, não sabia bem de quê. Entrei e fechei o portão. Ela me viu e ficou pálida. Em seguida foi baixar o volume do rádio, tirou os cabelos da cara e ficou esperando que eu dissesse alguma coisa.

— Onde tá o Leonel? — perguntei com uma voz quase ameaçadora.

— Quem?

— Leonel, não se faça de boba.

— Quem é Leonel? Do que você está falando?

Ela voltou a esfregar de um lado pro outro. A espuma do sabão quase fez ela escorregar.

— Me diz onde tá o Leonel...

Ela me ignorou, então fui pra cima dela: nós duas escorregamos e caímos. Eu desmoronei justo em cima do seu peito. Eu queria morder ele, mas ela me empurrou e eu caí de bunda. Ela se levantou como pôde. Me pôs pra correr da sua casa.

— Cai fora, sua desgraçada, cretina, cai fora daqui!

Ela estalou os dedos, mas eu fiquei no chão.

— Cai fora, sua cretina, não tem mais mãe aqui, vamos, tenta xingar a desgraçada da sua mãe!

Eu não me mexi. Continuei pensando no cachorro e me dava muito medo perguntar, então fiquei imóvel, sem saber se queria mesmo a verdade. Mas ela foi mais rápida e veio pra cima de mim, me puxou pelos cabelos e me arrastou pelo chão. Fiz um pouco de força, mas o piso molhado não me ajudava. Sem chance. Ela fez o que quis, e acho que ali pôs tudo pra fora, o meu tio que estuprou ela, o fato de estar sozinha e feia, a morte do meu irmão, que veio sem avisar, tudo, porque eu só sentia como ela me sacudia e me arrastava.

— Onde tá o Leonel? — continuei perguntando enquanto chorava a todo volume. Ela me empurrou pro portão de entrada.

— Ou você sai daqui agora mesmo e não volta mais, ou eu chamo a polícia e digo o que você fez. Cai fora daqui, desgraçada, fora!

Ela me abriu o portão e esperou que eu saísse quase engatinhando. Depois fechou com chave e foi ligar o rádio e continuou limpando o quintal, movia a escova e a espuma de um lado pro outro, no compasso da música. Era incrível ver como ela se movimentava pra deixar tudo bem limpo. Minha mãe não se virou mais pra mim. Apesar de eu ainda ter ficado alguns minutos ali, entendi que ela não ia mais se virar. Aquela mulher era capaz de tudo, desde que não perdesse a comodidade, inclusive sacrificar um cachorro, um filho, a mim.

Desde essa última vez que vi a minha mãe, passei todas as horas, todos os minutos, todos os segundos esperando que a polícia viesse atrás de mim. Mas me consolava dizendo que eu não tinha nada, que eu não tinha uma criança, que estava sozinha, que não tinha nada pra esconder. Se alguém tinha que dar explicações era a minha mãe. E eu queria que ela desse.

Mas a verdade é que eu não desejava isso tanto assim, era isso. Por via das dúvidas, eu queria que o pesadelo acabasse, porque eu estava paranoica. Ligava a tevê pra me distrair e só de escutar alguma coisa que tivesse a ver com polícia ou com justiça achava que estavam falando de mim. Estão me ouvindo, estão me observando, estão esperando que eu dê algum passo em falso pra virem atrás de mim. Então tentava ter certeza que não tinha cabos estranhos em casa, que não tinha gente estranha rondando pela rua ou algo assim. Em uma dessas tantas vezes, ouvi que batiam na porta, senti como se meu coração saísse pela boca. Me aproximei da janela da cozinha e era o primo de Rafael. Me cumprimentou com os olhos. Eu não quis abrir a porta pra ele.

— Em que posso ajudar? — eu disse da janela meio aberta.

— Vim te trazer isso... — me disse ele enquanto me estendia um saquinho de plástico.

Peguei, hesitante, mas vi que ele estava com cara de boa-fé e aceitei o saquinho.

— O que é?

— Dá uma olhada, só não diz que fui eu que te trouxe.

Ele pôs o gorro do moletom e enfiou as mãos nos bolsos da calça. Eu vi ele se afastar a passos rápidos. De costas, parecia Rafael. Me deu pena. Também ele não sairia daqui, nem iria pra lado algum, nunca, nem seria feliz, como todos nós. Era como se ele me confirmasse que todos nós tínhamos nascido pra sermos idiotas.

Abri o saco, eram os sapatos de Leonel. Os cadarços estavam sujos, com as marcas de sebo entrelaçado que se formavam quando eram amarrados. Levei os cadarços ao nariz, pra tentar encontrar algum vestígio, mas não cheiravam a nada. Então foi aí que desmoronei. Arremessei os sapatos na parede e comecei a chorar. Depois, fui ao quarto e comecei a tirar as coisas de Leonel, arremessei todas. Maldito Leonel, maldito Leonel, maldito Leonel e seus cabelos cacheados, dane-se você, Leonel, dane-se! Mas também queria que a minha mãe se danasse, maldita criminosa de merda, criminosa de merda! Ela e seu estúpido irmão, que me conceberam, maldita velha imbecil que se deixou estuprar, idiota, filho da puta, o filho da puta que estuprou ela, maldito seja, maldito seja o filho da puta desgraçado que fez com que eu viesse pra este mundo! Todos imbecis, todos, o imbecil do Rafael, o imbecil do meu irmão que se deixava bater, o imbecil do primo do Rafael, que veio me dar tristeza. O que aconteceu com Leonel, onde ele tá? Eu sou inocente, pensei, inocente. Eu sou a vítima, minha vida é mesmo uma grande merda pra acharem que eu sou a malvada! Leonel!

Mas Leonel não estava, nem ia voltar a estar, nem comigo, nem com a mãe dele, nem aqui, nem em outra vida. Onde está Leonel, o que fizeram com ele, o que aconteceu? Chorar não adiantou nada, porque a dor não ia embora. A dor não vai embora, só o que se foi foi Leonel, e a última coisa que fiz foi dar um beijo nele enquanto estava dormindo. Eu não me despedi, ele não sabe que beijei ele e que o amava. Leonel não sabe nada, não imagina todo o amor que eu dava, nem a importância que ele tinha na minha vida. Leonel desapareceu. Leonel desapareceu.

E assim passou o tempo, até que um dia amanheceu assim, dia, mais claro, com o sol entrando pelas frestas, e eu entendi que tinha que me desfazer de todas as coisas de Leonel. Coloquei tudo numa sacola e fechei muito bem, passei fita adesiva, saí pro quintal de trás e comecei a raspar a terra seca com uma colher; quando já estava se formando um buraco considerável, busquei uma colher de madeira e escavei até que coubesse a sacola com as coisas de Leonel. Depois joguei terra em cima. Foi meu funeral. Eu não sabia o que mais podia fazer. Em seguida fui tomar banho com água fria, como se estivesse me castigando, mas nada me consolava. Logo depois, arrumei a casa, limpei o fogão, esfreguei o chão. Deixei tudo limpo. Joguei água com detergente em cima da terra do quintal de trás pra não dar pra notar que eu tinha escavado ali. Depois fechei com chave a casinha dos quintais, que já tinha me dado tanta esperança, e saí.

Naquela época a estação Índios Verdes era uma confusão e, quando entrei no metrô, estava de matar. Se formavam filas enormes, que não deixavam a gente avançar nem sair. Fiquei presa entre as pessoas apressadas e que distribuíam cotoveladas pra passar. Eu já não sabia se ia ou vinha, mas, do jeito que pude, fiz baldeação na estação Guerrero para ir a Buenavista. Então, sabe-se lá como, acho que perguntando, cheguei à subprefeitura. Havia muita gente e muitas portas. Me aproximei de um quiosque, mas no vidro dizia que ali não davam informações. Subi umas escadas enormes que levam ao edifício principal. O guarda da entrada me perguntou o que eu queria. Não soube responder. Agitei a mão e dei as costas pra ele. Desci as escadas correndo. Depois comecei a caminhar quase que em círculos, procurando um rosto amigável, pra quem eu não tivesse medo de perguntar. Me disseram onde era a recepção, avancei sentindo os pés pesarem. No bolso do casaco eu trazia um sapatinho de Leonel, pensei que estava cometendo um erro em trazer isso entre as minhas coisas, mas depois apertei com força, como que me agarrando ao menino que uma vez usou ele. Perguntei onde ficava o Ministério Público.

— Qual é o assunto? — me disse a moça de cabelo tingido de loiro e olhar desinteressado. Eu hesitei e fiquei olhando pra ela por alguns segundos. Ela apontou pra alguma coisa em uma caderneta e me deu.

— Qual é o assunto? Ponha aqui seu nome e o andar que vai...

Senti muito medo. Eu queria dizer que não era verdade que desci em um parque por acaso. Que quando eu saí da minha casa, aquela vez, sabia bem que Leonel vivia ali perto, porque eu tinha feito as paletas do aniversário. E também queria dizer que eu sabia que a mãe levava ele no parque todos os dias, quase na mesma hora. E que eu ia de vez em quando pra ver eles e pensava que aquela mulher podia ser eu e que na verdade eu podia ser todas as mulheres do mundo, nada menos que todas, eu só queria ser mãe. Por via das dúvidas, também queria dizer que alguma coisa a minha mãe fez pro Leonel, mas que eu não sabia mesmo o que tinha sido e o que isso importava. Que eu estava ali por todos, por mim, especialmente, pra assumir as consequências, mas senti medo, muito medo, e só pensei em dizer:

— É que eu não sei, não sei... — murmurei, quase sem mexer os lábios.

E mordi a língua. Minha voz não saía. E só disse que era eu a da sombrinha vermelha, e pensei no menino que começava a rir enquanto dava passinhos firmes e sua irmã de cabelo claro ia atrás dele. Era eu a da sombrinha vermelha, voltei a dizer enquanto me caíam as lágrimas pelo rosto, mas a moça tirou de mim a caderneta de registro e fez sinais pro guarda. Eu pus a mão no bolso e apertei o sapatinho de Leonel com força. O guarda topou comigo de frente.

— Diga seu nome, senhora... — ele me disse, apontando a caderneta com os olhos.

Não me virei mais pra olhar. Me desviei, quase empurrando ele, e continuei avançando pra saída enquanto chorava como a louca desajeitada que sempre fui.

— Não tenho nome... — eu disse, mas já não sei se ele conseguiu escutar, porque continuei caminhando até que desapareci da sua vista, como se eu fosse uma mais, e consegui me perder entre as pessoas.

O PESADELO PERPÉTUO
Natalia Timerman

Uma criança some. Sabemos disso na primeira frase do livro, por sua mãe; somos imediatamente apresentados à sua dor. Mas, como se esse evento fosse o centro ausente de um redemoinho, outras tragédias se manifestam no entorno dessa para indicar que a violência da ficção nunca é o bastante comparada à que invade cotidianamente a realidade, a realidade das mulheres, aqui emblematizada no contexto mexicano (e também no espanhol). Brenda Navarro, socióloga, certamente lubrifica as engrenagens dessa impressionante construção ficcional com sua experiência de trabalho com direitos humanos.

Dois eixos narrativos se tecem sobre o desaparecimento de um menino de três anos. No primeiro, ele se chama Daniel e some em uma das idas diárias ao parque, num instante de desatenção da mãe, que troca mensagens com seu amante. No segundo, ele se chama Leonel e passa a viver em uma casa com a mulher que o raptou e seu parceiro, que não queria ser pai. É debaixo de uma sombrinha vermelha que o menino é levado, objeto que condensa um contraste permanente na história: o que deveria proteger e abrigar (a sombrinha) acaba por violentar (a cor vermelha do sangue, o sequestro).

As duas mães de uma mesma criança, a biológica e a que se faz mãe a partir do sequestro, têm voz própria para narrar, no pretérito, o que lhes sucedeu. A primeira é privilegiada por pertencer a uma classe social abastada, ainda que não seja branca: no México, diz ela, "ou você é rico ou é branco, não há matizes". Sua classe econômica transparece no refinamento da linguagem, na organização de um pensamento que se propõe metódico, ainda que resvale constantemente no abismo de sua situação. A segunda, a que raptou o menino, labuta diariamente para se manter, fazendo paletas de chocolate por encomenda. A linguagem com que narra é mais simples, mais emotiva e solta. O sofrimento aparece para a primeira como se as palavras tropeçassem, como se engasgassem; raciocínios que se pretendiam lógicos são interrompidos pela lembrança, entre parênteses, da necessidade de respirar; para a segunda, o sofrimento se manifesta em palavras que jorram, num fluxo de pensamento que soa mais espontâneo. As narrativas se entrecruzam com o roubo do menino porque uma prestou serviços à outra, e a trama, assim, se dispõe sobre o pano de fundo da desigualdade econômica.

Não apenas: o desejo de ser mãe também diferencia abismalmente as duas mulheres. A primeira talvez nunca o tenha sentido como imperativo, sequer como vontade legítima; a segunda quer ser mãe a qualquer custo, ainda que, em seu contexto de vida, isso apareça como exceção: quando sofre um aborto espontâneo, por exemplo, e precisa de atendimento, é tratada pela enfermagem (por mulheres) como se a única opção para aquele desfecho fosse uma interrupção voluntária da gravidez.

Mas se a desigualdade impulsiona a narrativa, o espelhamento a constitui. A especularidade armada a partir do inconcebível que é, no entanto, como um transplante da concepção da mãe que não o quer ser para a que quer, alcança outras nuances quando, a partir das diferenças, as semelhanças são ressaltadas. Ambas as mulheres vivem casamentos em frangalhos, ambas olham para outras vidas como se fossem no mínimo melhores que a sua, ambas descreem de deus, cada uma à sua maneira.

Mas é a violência o maior ponto de contato entre essas histórias paralelas que são, na verdade, a mesma. A violência em suas inúmeras manifestações, mas sempre, ou quase sempre, a violência patriarcal. Na história de Daniel, há Nagore, cuja mãe foi assassinada pelo marido e que passa, então, a viver como irmã do menino quando ele ainda está sendo gestado; na de Leonel, há as agressões físicas que a narradora sofre do seu parceiro, Rafael, que mesmo em momentos afetuosos a deixa transparecer (como em "gostava do cheiro do meu sangue, que ficava excitado", e "queria me rasgar em duas e eu dizia me rasga").

A desinência comum entre Daniel, Leonel e Rafael talvez remeta ao mesmo fim que terão os três. A criança desaparece em ambas as narrativas, como se uma fosse o eco da outra: desaparece na primeira, e depois torna a desaparecer; Rafael também desaparece, mas pelos próprios pés. "El", pronome substantivo masculino em espanhol, reforçaria a ideia de que o denominador comum entre os homens é sumir. Nas antigas escrituras hebraicas, "el" significava Deus, o que relaciona também com a masculinidade os atributos divinos de força e poder.

Ainda na cadeia da violência na história de Leonel (e dos desaparecimentos), há o irmão que morre soterrado numa obra, e cujo corpo jamais pode ser retirado do cimento; há a mãe da narradora, cotidianamente violenta no trato com os filhos, mas cuja brutalidade atinge o ápice quando sequestra, ela mesma, o neto ilegítimo e, ao que tudo indica, o mata.

Tece-se, assim, uma rede de abandonos, fugas e roubos, cujas peças-chave, cujos nós, cujos propulsores são as mães. É difícil sobreviver sem sequelas aos "agravos maternos" que, em *Casas vazias*, não são exceção: a mãe que foi negligente, que falhou ao não conseguir prevenir o desaparecimento do filho; a mãe que violenta uma criança e a respectiva mãe em nome do seu próprio desejo de o ser; a mãe que maltrata os filhos e que, dando fim ao neto, interromperia essa cadeia de violência (interrompendo a maternidade da própria filha) se não a confirmasse ainda mais. A própria ideia de proteção materna é, aqui, invertida: a mãe de Rafael acoberta a violência do filho, reforçando a do patriarcado que também a esmaga.

A única mãe que poderia ser feliz, ou ao menos bem-sucedida como tal, é a que não pode continuar a sê-lo: a de Nagore, tragicamente assassinada. Como se ser mãe e ser feliz fossem incompatíveis.

E enquanto mulheres, são todas sombras. Nagore, por exemplo, era destinada a ser "a sombra da sua mãe, do seu pai, de Fran, de Daniel. Eu nem sequer conseguia vê-la, pois ela se esfumava. Ela se parece a todas as mulheres". Os homens é que desaparecem, mas as mulheres, na narrativa de Navarro, nunca chegaram a ter os contornos precisos.

Pontos de virada

As três partes em que *Casas vazias* é dividido vão, cada uma, modificando o significado e a abrangência da precedente. Na primeira, o relato se inicia pelo sumiço de Daniel, mas é só no de Leonel que sabemos que ele é autista: é a partir de quem leva a criança que sabemos da sua condição, o que complexifica a noção comum de maternidade, como se ela dissesse respeito mais à mãe que à especificidade da criança. O autismo, aqui, o olhar afetuoso que não se sustenta, funciona como metáfora de um vazio maior, como que subjacente ao mero fato de ser mãe.

Na segunda parte, a dor pelo desaparecimento de Daniel dá lugar às agruras da maternidade, descrita no livro como o maior peso da vida de uma mulher. Que ser mãe seja tão difícil soa quase uma acusação, como se o sumiço do filho fosse, de alguma forma, a realização de um desejo inadmissível, talvez o mais inadmissível de todos. Mas as personagens de Brenda Navarro dizem até o inaudito: a lactância, conclui a mãe de Daniel, é o reflexo das mães que querem afogar os filhos, esses presentes escabrosos, diante da impossibilidade de comê-los.

Na terceira parte, as peças que faltavam ao enredo se encaixam, culpas são assumidas, atrocidades confirmadas, como a do planejamento do sequestro pela mãe de Leonel e a revelação de que ela é fruto de um estupro da mãe pelo tio. A maternidade se revela tamanha matriz de frustração e infelicidade que, no mundo erigido por Navarro, a solução seria a interrupção dessa cadeia, a que mantém a espécie, mas, embora origine a vida, está rodeada de morte. É nessa toada que a mãe de Leonel afirma que sua avó "não devia ter engravidado da minha mãe, nem do filho. Não devia ter deixado que a minha mãe tivesse seus bebês, especialmente eu".

Navarro não se furta a ir até os confins, até o fim da esperança, e destroça a concepção idílica e ingênua de maternidade. Temos acesso ao seu avesso — ou ao lado certo, pois a maternidade é um avesso de si: o que já esteve dentro, entranhado, está fora.

Não à toa, as únicas personagens sem nome são as narradoras, vazio identitário que reverbera o título e mote do livro: "Todos, todos sem exceção, tagarelavam e ouviam a si mesmos, enquanto nós, mulheres, nos olhávamos confusas e impávidas, porque isso era o que tinha que se fazer: ser as casas vazias para abrigar a vida ou a morte, mas, no fim das contas, vazias".

NOTAS DA TRADUTORA

[1] A época de Guadalupe-Reis se refere ao período festivo entre 12 de dezembro — dia de Nossa Senhora de Guadalupe, padroeira do México — e 6 de janeiro, Dia de Reis. Nesse intervalo, a população realiza uma "maratona" (*maratón*) de celebrações; entre elas, as *posadas*, que durante os nove dias que precedem o Natal recordam a peregrinação de Maria e José, de Nazaré a Belém. Ainda em relação a esse período, é importante o fato de que, embora a figura do Papai Noel tenha ganhado força nas últimas décadas, na tradição cristã mexicana, nascida com a chegada dos espanhóis, os presentes são entregues às crianças não no Natal, e sim em 6 de janeiro, Dia de Reis.

[2] Nas *sevillanas*, uma dança andaluza semelhante ao flamenco, há um movimento que se chama "tomar la manzana", cuja técnica mimetiza a ação de pegar uma maçã no alto, comê-la e jogá-la fora ("cojo la manzana, me la como y la tiro"), produzindo, assim, o movimento desejado. A expressão "a maçã já caiu, tomemos outra" indica que o movimento não saiu a contento, é preciso interrompê-lo e recomeçar.

A tradução dos poemas de Wisława Szymborska foi retirada das seguintes publicações:
• *Pode ser sem título*, de *Um amor feliz* (Companhia das Letras, 2016), tradução de Regina Przybycien.
• *Um minuto de silêncio por Ludwika Wawrzyńska*, de *Para o meu coração num domingo* (Companhia das Letras, 2020), tradução de Regina Przybycien e Gabriel Borowski.
• *Vietnã*, *Entre muitos* e *As três palavras mais estranhas*, de *Wisława Szymborska: poemas* (Companhia das Letras, 2011), tradução de Regina Przybycien.
• *Por um acaso*, do artigo *O poeta e o mundo*, publicado na revista Piauí, tradução de Sylvio Fraga Neto e Danuta Haczyn'ska da Nóbrega.

A tradutora agradece a Ayelén Carmona, Zyanya Ponce e Marcelo Anzilotti pelas preciosas sugestões.

Descubra a sua próxima
leitura em nossa loja online

dublinense .COM.BR

Composto em TIEMPOS e impresso na GEOGRÁFICA,
em PÓLEN BOLD 90g/m², em JULHO de 2022.